Sword Art Online 刀劍神域外傳

Gun Gale Online

7

攻強襲（上）

Online Alternative
Gale Online 7
4th Squad Jam

時雨沢恵一
KEIICHI SIGSAWA

插畫／黑星紅白
KOUHAKU KUROBOSHI

原案・監修／川原 礫
REKI KAWAHARA

Kadokawa
Fantastic
Novels

CONTENTS

Sword Art Online Alternative
GUN GALE ONLINE
7
4th Squad Jam

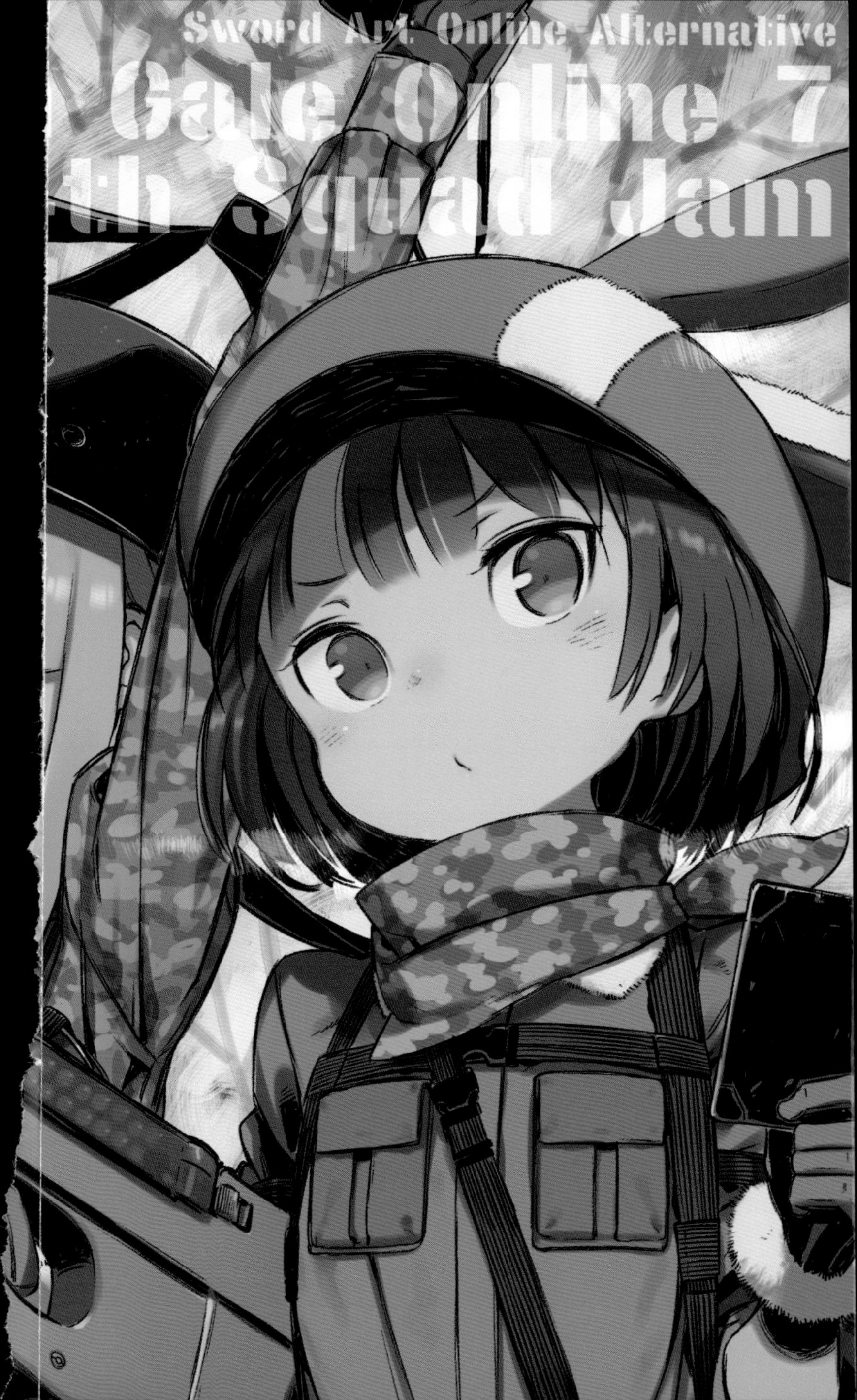
Sword Art Online Alternative
Gale Online 7
th Squad Jam

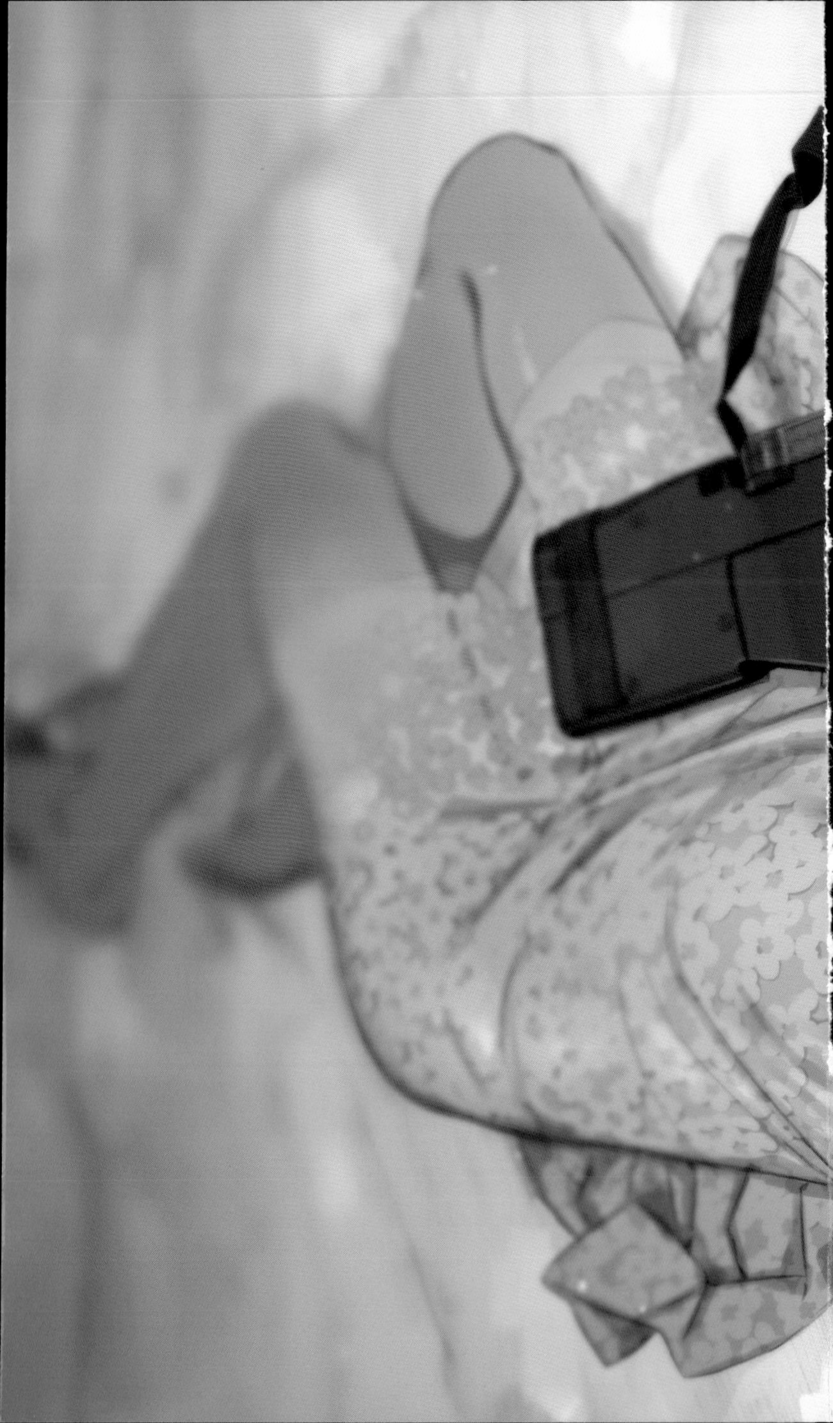

Sword Art Online刀劍神域外傳

GUN GALE ONLINE

7

4th特攻強襲（上）

時雨沢惠一
KEIICHI SIGSAWA

插畫／黑星紅白
KOUHAKU KUROBOSHI

原案・監修／川原 礫
REKI KAWAHARA

Kadokawa Fantastic Novels

THE 4th SQUAD JAM FIELD MAP

第4屆Squad Jam
戰場地圖

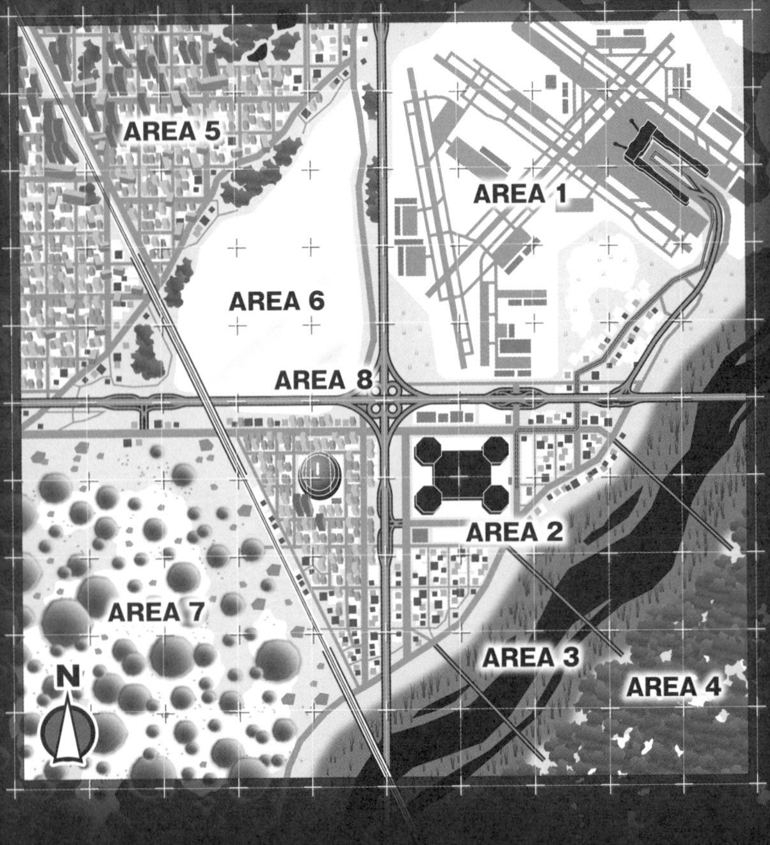

AREA 1：機場
AREA 2：城市、商場
AREA 3：濕原地帶、河川
AREA 4：森林
AREA 5：廢墟
AREA 6：湖
AREA 7：隕石坑
AREA 8：高速公路

Sword Art Online Alternative
Gun Gale Online

Playback of SQUAD JAM

前情提要

Playback of SQUAD JAM
前情提要

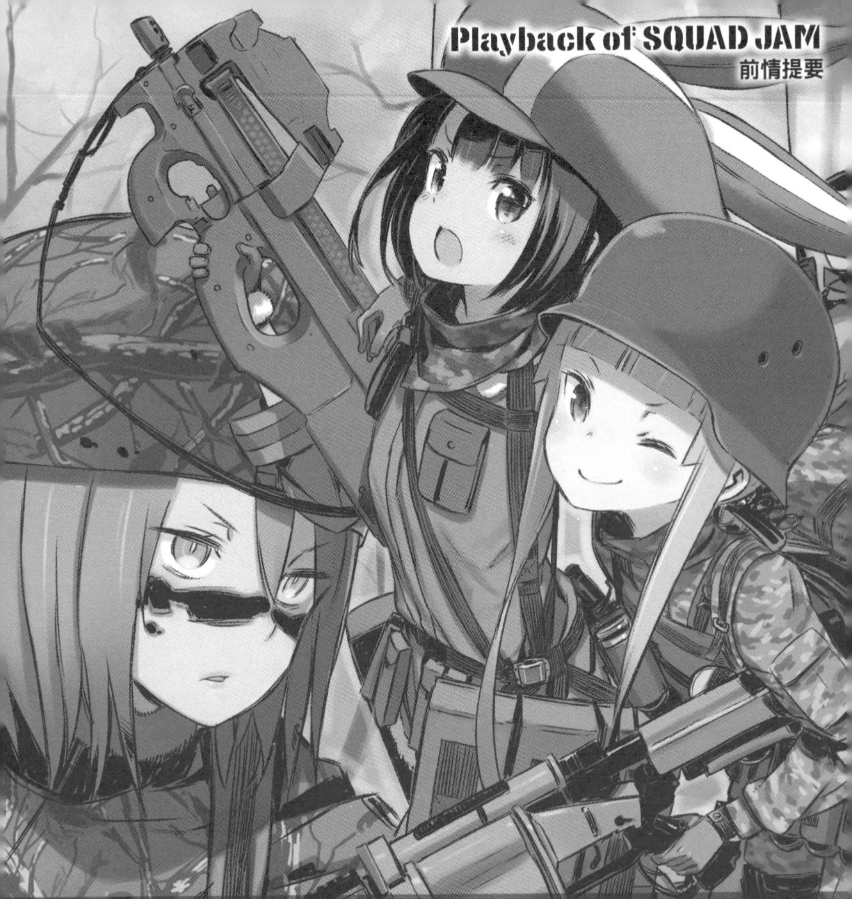

二〇二五年，夏。

帶有身高一八三公分這個身高心理障礙的小比類卷香蓮，在無數子彈交錯飛舞的槍與鋼鐵之VRMMO「GGO」裡，獲得了身高不到一五〇公分的理想嬌小虛擬角色——蓮。

二〇二六年二月。

在GGO世界認識的Pitohui邀約下，和謎之壯漢M一起參加一小隊最多六人參與戰鬥的小隊大混戰．第一屆「Squad Jam」大賽，並與娘子軍團「SHINC」展開死鬥。

二〇二六年四月。

原本猶豫是否要參加第二屆Squad Jam的香蓮，因為豪志（現實世界的M）「Pitohui在大會中死亡的話現實世界也會死亡」的懇求而態度為之一變。

迴避最糟糕事態的唯一方法就是必須完成「由蓮親手在Squad Jam內殺

掉Pitohui」的任務，所以讓現實世界的好友美優從「ＡＬＯ」轉移過來挑戰大賽——結果迎接了出乎意料的結局。

二〇二六年七月。

面對經過三個月左右的間隔後再次舉行的第三屆Squad Jam，夢想與宿敵「ＳＨＩＮＣ」正面對決的蓮決定參賽。雖然組成被認為是最有機會獲勝的最強隊伍「ＬＰＦＭ」來參賽，等待著他們的卻是「受到指名的成員將成為『背叛者』來脫離小隊，由被指名的成員組成新的小隊來戰鬥」這種驚人的規則。於是蓮便和以背叛者士兵身分脫隊的Pitohui戰鬥——

接下來就是即將於二〇二六年八月來臨的第四屆Squad Jam。

蓮希望這次能盡全力與「ＳＨＩＮＣ」戰鬥而決定出場，但是——！

SECT.1

第一章　SJ4開始前發生的各種事情

二〇二六年八月二十日（星期四）白天

「我參加Squad Jam的理由？沒有啦……純粹是因為小隊混戰很有意思啊。應該說，還有其他理由嗎？」

英俊的臉龐露出清爽的笑容並且這麼回答……

「…………」

綠髮的夏莉頓時說不出話來。

她是為了練習真實的槍械射擊而開始玩GGO。原本不想射擊「人類」，卻因為無法拒絕小隊伙伴的邀約而參加了SJ2。在不情願的遊戲過程中，不知道是什麼樣的命運惡作劇，讓她變成了技術高超的狙擊手。

一瞬間回想起過去後，夏莉盡可能冷冷地回答旁邊那名宛如寶塚劇團男角的「搭檔」克拉倫斯。

「不，沒有了。」

兩名女性Gun Gale Online（ＧＧＯ）玩家正在進行潛伏。

該處是以ＧＧＯ來說算罕見的「草原戰場」。大氣成分發生問題的紅色天空底下，長著到人類膝蓋高度的茂盛雜草。

這些草呈現綠色顏料中混進適量茶色的暗沉模樣。不論肚子再怎麼餓，應該都不會出現拿它來果腹的念頭吧。

幾乎是平坦的大地上長滿了雜草，看起來就像是一大片顏色噁心的地毯。

周圍可以看見的是令人厭惡的綠色，以及躺在各處那些顯示過去曾有人在此生活的水泥碎片。

兩人就潛伏在這樣的戰場上。

在大地稍微凹陷處堆疊起水泥碎片，再挖一個淺淺的洞穴，從上面蓋上與雜草同色的大布，然後覆蓋上撕碎的雜草，就完成了一個即席的陣地。

長寬約２公尺的空間雖然是單純又簡單的構造，但已經足夠兩個人趴著隱藏起來了。不是從近處仔細觀看的話，應該不可能被識破才對。

夏莉以兩腳架支撐愛槍手動槍機式「Ｒ９３戰術2型狙擊步槍」，趴著擺出射擊姿勢。黑色槍口則放在極接近石頭間縫隙的地方。

服裝是平常那套畫有樹木圖案的森林迷彩夾克。頭上戴著把帽沿朝向後方的同迷彩棒球帽，幾乎把她的虛擬角色那頭鮮豔的綠色頭髮全部遮住了。

克拉倫斯像一起睡覺般趴在她的左側，正以雙筒望遠鏡看著周圍。

英俊臉龐加上黑色短髮。低沉聲音再加上男孩子氣的遣詞用字。

如果沒有看見可以說是ＧＧＯ內名片的角色ＩＤ，應該不太有人會注意到克拉倫斯是女性吧。

服裝是她經常穿的特警隊般全套黑色戰鬥服。掛著彈匣包的裝備背心也全是黑色。

但這樣在草原相當顯眼，所以她現在罩著全是綠色的斗篷。

伏下的眼睛前方是作為主武裝的特殊突擊步槍「ＡＲ－５７」。右腿上的槍套收納著使用相同子彈的手槍「Five-seveN」。像是較大顆橘子的電漿手榴彈就像時髦的飾品一樣吊在她的背上。

兩個人都是玩家殺手。

正如字面上的意思，是以殺害遊戲玩家為主要目的的玩家。也就是會ＰＫ的人。

不像一般玩家是以打倒怪物、殺人機器人，或者攻略活動來提升經驗值，而是以積極襲擊、殺害戰場上「人類」為樂的一群人。

而且完全不認為這是壞事。在ＧＧＯ這款遊戲裡，敵人不只有怪物而已。

所以今天也一樣在廣大戰場的正中央設立狙擊陣地來等待獵物。

「嗯……都沒有獵物出現耶。」

克拉倫斯邊以望遠鏡窺看四周邊這麼說道。其實也可以說是抱怨。

她們大步在戰場上走了一陣子後，在適合的地點設置營地到現在已經經過兩個小時以上。

不論是在遊戲世界還是現實世界，經過的時間都一樣。

一般玩家不可能像她們這樣在同一個地方待上那麼長一段時間。大部分玩家會先感到無趣。所以兩個人的忍耐力確實相當了得。

但很倒楣的是這段期間仍沒有任何人經過。

不對，對於可能會被射擊的對象來說，這應該算是幸運吧。

夏莉的狙擊槍命中率相當高，而且裝填了一旦命中就會在體內爆炸，幾乎可以說是一擊必殺的開花彈。

加上她在現實世界是狩獵蝦夷鹿的獵人，所以也是射擊的高手。

由於可以自行計算子彈的落差來瞄準目標，所以不必倚靠ＧＧＯ才會出現的攻擊系統輔助——能夠知道子彈飛向何處的著彈預測圓。

這也就是說，不會讓對手看見同時出現的守備用系統輔助——彈道預測線。

夏莉射擊人類時，幾乎能確實命中的最大射程大約是８００公尺。那是肉眼無法分辨是否有人存在的距離。

如果有人進入夏莉的「殺戮區」，就會在不知道從哪邊遭到攻擊的情況下，受到開花彈的連續攻擊而不停地死亡。

「妳可以下線沒關係喔。」

為了讓眼睛休息而將其從瞄準鏡上移開的夏莉冷冷這麼回答。「下線」指的是登出回到現實世界。

「無所謂喲，反正我明天也沒事所以沒關係。只要能夠待在GGO世界我就很開心了。而且——」

「而且？」

克拉倫斯以英俊臉龐露出笑容這麼回答。夏莉則是繼續問道：

「我不在的話，誰要幫忙監視妳的背後？」

「……說得也是。」

夏莉沒有露出笑容，只是同意對方的說法。

在SJ2裡以愛槍屠殺參賽者——不對，應該說發現狙擊樂趣所在的夏莉，之後就徹底地研究狙擊與狙擊手的資料。像是閱讀歷史與狙擊的書籍、觀看描寫狙擊手的影像以及在網路上搜尋相關資料等等。

然後得知現實世界的狙擊手，不會像漫畫或者電影裡頭那樣獨自行動。狙擊手一定會和觀測手，或者英文名為「Spotter」的搭檔一起行動。不論是瞄準凶惡罪犯的警方狙擊手，或者瞄準敵人的軍隊狙擊兵都一樣。

觀測手必須負起許多任務。比如盡可能在寬廣的視野下監視周圍、測量與目標之間的距離與風力、以無線電進行聯絡等等。此外以突擊步槍保護狙擊手也是他們的任務之一。

夏莉身上只有每次擊發後都得進行裝填動作的手動槍機式狙擊槍，以及稱為劍鉈的大型匕首。在這樣的情況中，如果遭到擁有自動連射式槍械的玩家或者複數的怪物襲擊，就會被輕而易舉地幹掉。

不論怎麼說，對於只想集中在自身狙擊的夏莉而言，克拉倫斯帶著AR－57與手槍、手榴彈來擔任她的護衛都幫了她不小的忙。

蠕動蠕動。

每隔一分鐘一定會環視一次周圍草原的克拉倫斯，在手拿望遠鏡維持臥姿的情況下移動著確認左右以及後方。

這時候她的肚子就會放到夏莉的臀部上面，像十字架一樣重疊在一起，不過夏莉當然沒有怨言，也沒有出現接觸敏感部位的性騷擾警告。

從覆蓋陣地的布底下將周圍能看見的範圍全都調查過一遍後，依然沒有虛擬角色或者怪物等「會動的東西」。草原上也沒有風吹過。

「『一切正常』喲。」

身體轉了一圈後再次面向前方的克拉倫斯，也再次以望遠鏡眺望廣大的荒野是否有獵物前來。

然後直接維持這樣的姿勢，也就是不看向夏莉的臉龐直接向她搭話。

「對了，關於剛才的話題——」

「什麼話題？」

右眼窺看著瞄準鏡，左眼依然張開的夏莉如此反問對方。

在GGO內，「說話時不看對方的臉」絕對不是沒禮貌的行為。因為眼睛應該要用來警戒周圍。

沉迷於GGO的玩家當中，有人在現實世界也變得經常警戒著周圍，甚至對現實生活造成了影響。

克拉倫斯回答夏莉的問題。

「就是參加SJ的理由之類的。沒有啦，我原本是先跟自己的中隊參加了SJ2，但SJ3的時候大家都不願意參加了。」

「這樣啊……」

夏莉雖然冷冷這麼回答，但在沒有獵物的悠閒狀況之下，也只能聽克拉倫斯說話了。

因此她才會注意到某件事。窺看著瞄準鏡的她開口這麼說。

「等一下。妳不是參加了ＳＪ３嗎？」

「是參加了。為什麼到了現在才又提起？」

這兩個人是因為在ＳＪ３裡進行了一對一的壯烈死鬥而認識，所以難怪夏莉會這麼問。

「我話還沒有說完，在我的『拜託』之下，另外六個人只願意參加預賽，只有我和山姆兩個人參加正式大賽。」

「噢，原來是這樣。」

夏莉不清楚克拉倫斯威脅隊友的事情。

結果克拉倫斯便和名為山姆的隊友兩個人一起參賽，但是他卻中了夏莉的開花彈而立刻死亡。

「那個時候應該先幹掉妳。」

夏莉雖然以不高興的口氣這麼表示，不過在那種狀況下，夏莉的選擇並沒有錯誤。

那是因為山姆站在比克拉倫斯更後面的地方。要是狙擊前面的人，後面的人可以立刻趴下。但是狙擊後方的目標，前面的人總是會忍不住往後看，因此就會出現空檔。所以夏莉的戰法相當正確。

實際上克拉倫斯也回過頭了，但夏莉的第2發子彈延遲了一些，所以被她趴下來避開了。

夏莉回想著這件事，同時以感慨良多的口氣說道：

「真是的，那是GGO人生最大的後悔喲。」

「這就是所謂的後悔莫及吧。」

「嘖……」

「說到那個山姆嘛，似乎完全無法接受我的『超級背叛大作戰』——」

克拉倫斯不滿地噘起嘴唇來。

那個時候克拉倫斯背叛了結群成黨來面對強敵的作戰，從聯合隊伍後面射擊了同伴，而山姆只能心不甘情不願地遵從她。

不過SJ3本身之後也因為「特別規則」的發動，讓被選中的人必須負起背叛者的責任，而這條規則也受到參賽者們相當的惡評。不過克拉倫斯與夏莉在規則發動前就同歸於盡了，所以沒有受到任何影響。

「可憐的我終於被那個中隊排除在外。也就是所謂的除名。現在的朋友名單就只有夏莉妳這個美人而已啊。」

「嗯，就妳這種瘋狂的個性，這也是理所當然的結果啦。而且只是除名而已，那群傢伙也算是很溫柔了。有好好跟人家道謝了嗎？」

「嗚哇哇，講話還是這麼傷人。妳知道什麼叫vibrato嗎？」
「我知道啊。就是抖音吧。」
「哦？啊──應該是oblaat才對！夏莉，妳講話還是溫柔一點比較好喲。」
「妳有資格說我嗎？不過，妳可別搞錯了。我沒有指責妳那些瘋狂的行動。」
「是這樣嗎？」
「是啊。因為這是遊戲。遊戲裡的自己和現實的自己不同……理應如此才對。」
「『鯉櫻』？是新的花名嗎？」
克拉倫斯自然地這麼反問，夏莉聽見後就皺起眉頭。
「妳有接受過義務教育嗎？」
「我不記得了。」
「……是『應該要不同』的意思。」
「就是這個！」
「哪個啦？」
「我和夏莉搭檔的理由啊！現實世界的話，可不想跟這麼危險又Dangerous的人一起行動喲！」
「嘖！」

夏莉雖然只簡短回答了一個字，但是嘴角卻掛著笑容。不過窺看著望遠鏡的克拉倫斯看不到就是了。

夏莉抱著狙擊槍，像是自言自語般丟出一句：

「這是遊戲。不論是用狙擊射殺還是用劍鉈刺殺，都是因為在遊戲裡才會這麼做。現實世界絕對不會做這種事。就算是死也不會這麼做，也不會有這種想法。」

現實世界裡的夏莉是名為霧島舞的二十四歲女性。居住地是北海道。

平常是以自然生態導覽員兼獵人來營生，而且根據日本法律取得獵槍持有許可，擁有真正步槍的她這麼說，聽起來就相當有分量。

真希望讓那種完全沒有玩過遊戲，卻表示「玩遊戲將會無法區分現實與虛擬世界」的凡事必稱「遊戲腦」的偉人聽聽看。

克拉倫斯也在望遠鏡底下咧嘴笑了起來。

「我在現實世界也是個正人君子喲。沒記錯的話，我在那邊的世界從沒有開槍殺過人。」

「希望妳的記憶不要出錯。」

「我還沒到罹患痴呆症的年紀喲。」

兩個人雖然像這樣閒聊著，不過其實不只是完全潛行的ＶＲ遊戲，只要是使用「假名」的網路遊戲，提問現實世界的事情就算是失禮了。

但是自己開口就沒有問題，而那同時也是兩個人之間已經熟識到一定程度的證據。

像這樣頻繁地互相提供情報，不久之後就認為「反正已經這麼熟了」，於是便在現實世界裡見面是網路遊戲世界經常出現的情況。

「所以呢……」

克拉倫斯把視線從望遠鏡底下移開。

「嗯？」

夏莉意識到對方正看著自己，於是把眼睛移向左側。接著就看見英俊臉龐露出有所期待的笑容。

「我們在現實世界見面吧！我去找妳！」

「又是這件事嗎……」

夏莉稍微皺起眉頭，不過還是給這名不死心的搭檔些許情報。

「我住在日本的角落喔。妳能來嗎？」

「很遠嗎？離東京很遠嗎？搭巴士會很貴嗎？」

「妳住在東京嗎？」

「妳……妳怎麼知道……？難道妳是超能力者……？」

「這樣的話確實很遠。現實世界的巴士無法渡海吧。」

「咦～？妳住在國外嗎？」

面對嚇了一大跳的克拉倫斯，夏莉又用剛才同樣的話吐嘈了她。

「妳有接受過義務教育嗎？」

「我不記得了。」

「既然是在日本伺服器玩ＧＧＯ，那當然是住在日本啦。是我住在日本的邊緣啦。本州之外的其他島嶼。」

「這樣啊，很遠嗎～那就有點困難了。」

由於克拉倫斯以少見的沉重語氣這麼說道……

「…………」

夏莉不由感到有些不知所措。最後……

「哎，別勉強啦。在這裡見面就可以了吧。」

開口這麼說來安慰她。

「唔～……」

克拉倫斯噘起嘴來並且把視線移回望遠鏡上。這時她疏忽了每分鐘一定會對周圍進行一次的警戒行動。

「對了，換個話題吧——」

丟出這句話的夏莉也沒能指出這一點。

「什麼事？」

「又要舉行ＳＪ的話，妳會參賽嗎？」

「那是當然了！」

克拉倫斯展現對這個話題的興趣。

「像之前的遊戲測試那樣一起參加吧！兩個人在寬廣的戰場上，面對大量的敵人大鬧一番呀呼！」

依然趴著的克拉倫斯像個小孩子一樣胡亂舞動手腳……

「別在狹窄的地方亂動。嗯，那是很不錯啦……」

夏莉則是在語尾透露出些許遲疑。克拉倫斯瞬時不再胡亂揮舞手腳，並且察覺到她有這種反應的理由。這時克拉倫斯露出少見的嚴肅表情。

「嗯，我懂啦。預賽很難過關對吧……」

「正是如此。」

讓兩個人深有同感的是ＳＪ的預賽。

最近想參賽的隊伍逐漸增加的ＳＪ，除了優勝到第四名這些曾經獲獎的小隊，也就是所謂的「種子隊」之外，都必須要通過預賽。

預賽是一小隊vs一小隊，在狹長直向戰場上正面對決。通常由六個人參賽的SJ裡，只有兩個人，而且是以狙擊為主體的小隊很難在預賽裡獲勝。

實際上SJ3的時候，夏莉就是和自己的小隊「KKHC」，正式名稱「北國獵人俱樂部」的成員一起通過預賽，克拉倫斯則是威脅其他小隊成員，只有預賽時是六個人一起參賽。

但這次無法使用同樣的作戰了。

KKHC的成員因為恐懼夏莉的鬥魂而開始在GGO內與她保持距離，克拉倫斯的小隊成員則是都逃走了。

「怎麼辦？」

「怎麼辦？」

兩人異口同聲地這麼說完後。

「我有個好點子喲！」

就從天上降下一道聲音。

「嗚哇啊！」「嗚咿！」

兩人嚇了一大跳，從趴著的狀態下像漫畫一樣跳了起來。旋轉過身體，當覆蓋陣地的布進入視界時，布就被扯了下來，可以看見紅色的天空。同時在逆光當中也能見到一名身穿綠色隆起外衣，把手中突擊步槍槍口對準這邊的女性。

「可惡──」

即使知道絕對來不及，夏莉還是抬起R93戰術2型狙擊步槍並且扭身，準備把槍口朝向「敵人」。

咻啪！

肩膀被射穿了。

「終～於找到了！哎呀，要跟妳們見面也太累了吧！」

把狙擊陣地布料扯下來的Pitohui，單手拿著之前遊戲測試當中也使用過的，附加滅音器的「HK416C」短槍管突擊步槍，同時把槍口對準瞪著自己的夏莉額頭並且這麼說道。

全身綠色隆起物的模樣，看起來就像是森林的妖精。這全是因為她身上穿著「吉利服」的緣故。它是纏著細長布條的迷彩偽裝服，隱藏在同樣顏色的草裡面，只要不動就完全不會被發現。

Pitohui連臉上都塗了迷彩，將她引以為傲的刺青全部覆蓋住。而且槍械也是綠色。

「混帳！」

夏莉以今天最粗暴的用詞回答對方。

她右肩上鮮豔的紅色多邊形光芒，也就是ＧＧＯ特有的中彈特效光閃爍著，胸口中央則被彈道預測線準確地照射著。

「哎喲！」

克拉倫斯先是流暢地丟出驚訝的聲音，然後……

「啊，等一下喲夏莉？為了慎重起見還是問個清楚，剛才的『混帳』應該不是在罵我吧？我確實是疏忽了監視工作，但那是因為專心跟妳對話，不過妳自己也忘了吧！然後也沒有提醒我！」

「吵死了！倒是妳快開槍吧！現在立刻反擊啊！」

「才不要哩！我現在開槍的話，夏莉就會被射死。」

「…………別在意這種事！」

「我完全不在意喲！但是之後我也會被射死吧！我不想死啊！」

「原來是這樣喔！」

「嗯！」

兩人演完短劇後，Pitohui就把視線移到克拉倫斯身上。手指當然還是放在ＨＫ４１６Ｃ的扳機上。

「寶塚小妞，妳倒是很聰明嘛。這還是第一次好好跟妳說話吧。My mane is Pitohui。Nice

to meet you。」

「哎呀，被稱讚了。初次見面，在ＳＪ２和ＳＪ３大肆作亂，腦袋有點問題的馬尾刺青大姊姊。我是克拉倫斯。對了，妳最後說的是哪國的話？」

「就是所謂的『英語』喲。妳不知道嗎？」

「啊，英語！我知道！就是英文老師不會說的那個吧！」

「克拉小妞真是有意思。」

面對一搭一唱的兩個人……

「妳們兩個夠了吧！」

夏莉有點發飆了。

雖然是被Pitohui拿槍對準的狀況，但還是用「嘴砲」進行攻擊。

「Pitohui！妳竟然敢射穿我的肩膀！有一天一定要幹掉妳！給我記住！別忘記了！」

夏莉變成現在這種樣子的契機，正是ＳＪ２裡的Pitohui。

由於遊戲終究是遊戲，所以對她個人沒有怨恨，但也因此而認為在戰場上遇見的話一定要開火射擊來確實地打倒她。

但現在卻輕易被取得先機，而且被壓制到束手無策。這實在太令人懊悔了。因此才會忍不住罵出髒話。

結果Pitohui卻在掛著微笑的情況下認真地回答：

「哎呀，好恐怖。妳在ＳＪ２差點讓我一擊斃命呢。如果那是開花彈我就死定了，我會多加小心的。」

「嘖！」

「今天不是來跟妳們聊這件事的，我可以進入主題了嗎？」

「好喲！」

克拉倫斯立刻這麼回答。

「等等！什麼是主題！還有什麼叫『不是來跟妳們聊這件事』！妳不是來殺我們的嗎？」

夏莉真的嚇了一跳。

ＧＧＯ是鼓勵玩家之間互相殘殺的極友善遊戲。在這樣的情況中，原本以為是偶然在戰場上被發現並且遭到襲擊，不過似乎並非如此。

「ＮｏＮｏＮｏ！是來談事情！Talk！我可以說了嗎？」

夏莉雖然愣了一陣子，最後還是大大地呼出一口氣。她放鬆肩膀的力道表示：

「說說看吧……」

「ＯＫ！我呢，自從上次的遊戲測試之後就一直在找妳們喔。但是街上完全看不見妳們的身影，最後只能像這樣追到戰場上來！三個小時前左右終於找到了！今天是我的Lucky day！」

「妳說什麼……」

夏莉臉上的怒氣消失，露出難以置信的表情。她目擊到令人不敢相信的笨蛋了。

接著……

「那從我們設立狙擊陣地之後，妳就一直偷偷地在接近我們嘍？」

「是喲。」

「怎麼辦到的？」

夏莉提出打從心底想不通的疑問。

「是啊！到剛才為止我都確實監視著周圍才對！」

克拉倫斯也提出了同樣的問題。

「那當然是靠匍匐前進嘍。大概是從1公里之前吧？一直都是匍匐前進。但是，知道那邊的克拉小妞每一分鐘會檢查周圍一次——」

Pitohui以左手手指輕敲了一下自己的耳朵。那是使用了通話道具的手勢。然後那隻手指又指向空中。

「我就讓在更遠處的同伴幫忙從上面監視喲。」

也就是說M人在遠方，以在之前的遊戲測試裡開始使用的空拍機從遙遠上空進行偵察，然後對Pitohui送出指示。

夏莉與克拉倫斯……

「天啊……」

「嗚哇啊，太厲害了。」

發出真心感到驚訝，或者是難以置信，又或者是兩者皆具的聲音。

雖然有後援，但是匍匐前進了整整1000公尺，而且花了兩個小時。為了不被發現而緩慢行動，有時還得保持靜止，然後再次爬行……

在夏莉與克拉倫斯待在陣地裡等待的情況下，不論是接近還是做出指示的人，都發揮出超強的忍耐力。

如果是真正的戰爭也就算了，在VR遊戲裡面應該不會有人這麼做。

「但是，來到繼續靠近就無法隱瞞動作的距離後就很困難了——等了很久才終於有機會，所以我才會過來。」

「哎呀，真是太厲害了！」

啪啪啪啪。

不要說拿武器了，克拉倫斯這時甚至拍起手來。

「…………」

夏莉只是瞄了她一眼，然後就沒有開口說話。

「那我們回到主題上吧，我是來邀妳們兩個人的！邀妳們做什麼？知道吧？應該知道吧？不知道就太奇怪了吧？」

「…………」

夏莉立刻就了解了，但是沒有回答對方。

「我知道了！」

克拉倫斯晚了一拍才了解是怎麼回事。

「是下一屆的Squad Jam！大姊姊的隊伍有像山一樣高大的男人還有——」

「M吧。」

「粉紅色小不點還有——」

「小蓮吧。」

「槍榴彈的小矮子！」

「不可次郎小妞吧。」

「總共只有四個人，所以加我們兩個人進去剛好！」

「沒錯，標準答案！」

Pitohui露出滿意的微笑。綠色臉龐上的邪惡微笑，足以讓人覺得真的有這樣的惡魔存在。

夏莉開口回答眼前的惡魔。

「妳……到底在想什麼……？我明明想幹掉妳想到快瘋掉了……」

「這我剛才就聽過了。就算是這樣，難道就不能組隊了嗎？」

「…………」

夏莉沒有辦法繼續把話說下去。

「就是說啊，夏莉！跟他們組隊也沒關係吧！這樣子就不用參加預賽了！等大賽正式開始時，立刻從背後把她幹掉不就得了！」

克拉倫斯今天依然是克拉倫斯。

Pitohui則是……

「嗯，就算這樣我也無所謂喲。不然等ＳＪ開始之後妳們兩個人就自由行動吧？」

「真的嗎？太好了！參加參加參加！大姊姊，我們登錄成朋友吧！」

「好喲！幫這位新客人帶位！」

「…………」

看著熱絡的兩個人，真正感到傻眼好一陣子後，夏莉終於下定決心。因為就現階段來看，想要參加ＳＪ的話，沒有比這個更好的辦法了。

於是她便用宛如從十八層地獄擠出來的聲音，對槍口依然朝向這邊的Pitohui說：

「好吧。下一屆就和你們一起參賽。然後──」

「然後？」

「我們從一開始就要自由行動。一有機會絕對要把妳幹掉！」

「哎呀，真令人期待！那麼——就這麼說定了！」

Pitohui把HK416C的槍口移開。

夏莉和克拉倫斯撐起一直躺著的身體站起來。雖然虛擬世界不會出現肩膀痠痛或者身體僵硬的情形，但心理的影響會殘留下來。她們緩緩動著手腳，讓身體習慣自己的動作。

克拉倫斯和Pitohui朝著空中揮動手臂並且動著手部。應該是叫出能力值畫面來登錄成朋友了吧。

夏莉瞪著滿臉笑容的兩個人，等她們結束後才丟出一句：

「對了，Pitohui……」

「什麼事啊，夏莉？」

兩個人很直率地呼喚對方的姓名。

「妳放出風聲了吧？」

當克拉倫斯露出愣住的表情時，她身邊的Pitohui就反問：

「什麼風聲？」

「就是『這個戰場現在有準備PK的傢伙潛伏著』的風聲。所以才沒有獵物過來！」

Pitohui只露出滿足的笑容，沒有開口說話，但這就已經像是肯定對方說法的答案了。

＊　＊　＊

「找到兩名成員了！這樣就能六個人參賽了！」

看著浮現在智慧型手機畫面上的文字……

太棒了啊啊啊啊啊啊！

篠原美優將上半身整個往後仰並高高舉起雙臂，做出足球選手射門成功般的勝利姿勢。不過當然是在心中。

之所以沒有真的這麼做，是因為她正在列車裡面。

ＪＲ北海道的「超級大空號」，其塗成藍色的車體大大地傾斜並且奔馳過綠意盎然的山中。那是從札幌出發，經過美優所住的帶廣然後朝向釧路的特急列車。

美優正坐在標準車廂最後面的靠窗座位。

將座位轉向後面的廂席一角，美優的周圍坐著三名穿便服的女高中生。和昨天就在札幌玩的美優相反，似乎是從札幌往釧路方向移動。

她們很開心地從馬上要開始的新學期聊到將來臨的大學學測、昨天的網路節目以及朋友傳聞中的男友等等，不斷地轉換話題來熱絡地聊著天。

窗外迅速流過的是老家北海道逐漸步入尾聲的短暫夏天景色。秋天馬上就要來臨，然後是零下數十度的漫長冬季。

在女高中生的包圍下，美優開始以眼前的智慧型手機來輸入回訊。她的手指以驚人的速度移動著。

「Ｏｈ　Ｙｅｓ！真的太棒了！完美！女神！」

馬上就出現「已讀」的符號。

「別說了，這我都知道。」

「不，妳神到超乎自己的想像了！」

「好了，別說這個了，妳那邊也要多加油啊。不把最重要的小蓮拖出來的話，我可饒不了妳喲？會幹掉妳喲？在遊戲裡頭就是了。」

「小的會努力不觸犯天條。」

當美優送出訊息時，眼前的女高中生們又改變了話題……

「神崎艾莎的新歌真的很棒對吧。」

「嗯，她本人也很棒。纖細的身體拿著吉他唱歌的模樣真是帥斃了。」

「啊，真想成為像她那樣漂亮又嫻靜的女生。」

女學生說出發自內心的感言。

「那麼偶要去準備今晚的工作了。是和大出版社高層之類的死肥豬條碼禿頭性騷擾兼加齡臭爛貨吃飯這種Really fuck you的工作。」

確認完這條特別長的訊息之後……

喔喔，請加油吧。

美優就在心裡這麼回信，然後靜靜地關上應用程式的畫面。

一瞬間閃過的訊息對象名稱寫著「女神」。

＊　＊　＊

當美優跟自己奉為天神般的歌手直接傳遞訊息時……

「這是我的小女兒香蓮。」

小比類卷香蓮正接受著父親的介紹。

今天香蓮的服裝並非平常那種簡單且沒有女人味的褲裝，也不是GGO裡那樣的戰鬥服，而是單薄的藍色優雅宴會禮服。

當昨天的這個時刻在車站前百貨公司購買這套服裝時……

「小姐您是模特兒吧！我覺得不論什麼樣的服裝都很適合您，我就多拿一些過來給您挑吧！」

這套讓店員極為興奮的服裝，讓當時的香蓮很想立刻衝刺逃出服飾店。

眼前那名年過還曆，也就是跟父親同世代的男性……

「喔喔！是香蓮小妹嗎！之前只有小時候在北海道見過一次。那個……真的長得很大──了呢。」

連必須看著對方客氣地如此反應的現在都想全力逃走。

這裡是都內某高級知名飯店內豪華絢爛的接待室。是演藝人員舉行婚宴時那種具備排場與傳統的空間。

香蓮的父親經營一家公司，全日本的同業人員每年會為了交流而聚集起來舉行一次派對。舉行的日期並不固定，今年是在今天，也就是八月二十日舉行，而這裡就是派對的會場。

父親每年都會參加，每逢此時就會來到東京。

通常都是香蓮的母親會一起參加，而她也很期待這每年一次的東京旅行。但是今年卻不幸因為惡性夏季感冒而病倒了。

這時候通常會由兩名姊姊其中之一來負責代理「受保護的鮮花」的角色。但是很不湊巧的是今年兩個人剛好都有無法錯開的事情。

於是就只剩下香蓮了。

從老家回東京後就過著悠閒生活的香蓮，昨天早上突然接到雀屏中選的緊急通知。

這種場合只要男性自己去就可以了吧！

香蓮雖然發飆了一陣子，但是對無法理解的世界抱怨也沒有用。

香蓮不討厭她的父親，所以至少為了不讓父親面子掛不住，同時也可以幫助家裡的公司，她只能心不甘情不願地犧牲一下自己了。

於是──雖然已經有所覺悟，但還是極為顯眼。

幾乎很少看見身高一八三公分的日本人女性。

在年長的男性與其配偶之間，身高足以媲美好萊塢女星、體態纖細，在姊姊強制指導下連宴會妝容都無懈可擊的香蓮，具備了讓單手拿著酒杯談笑的大叔們倏然停止對話的威力。

「哎呀，能和香蓮一起來，爸爸真的很高興。」

以孩子為傲的父親因為么女受到矚目，在派對裡始終掛著笑容。

「明年開始乾脆就都拜託香蓮出席吧？」

由於父親笑著說出極為恐怖的發言，香蓮敢於挑戰Pitohui與老大的鬥魂因此受到了刺激。

「是沒關係，但把這件事告訴媽媽的話，爸爸還能不能活到明年就很難說了喔。」

「妳倒是很會頂嘴了嘛……香蓮……」

決定不再恐嚇父親後，香蓮便放棄掙扎，只是靜待著時間經過。

幸好父親除了溺愛子女之外也是個工作狂，大致上打過招呼後就丟下香蓮，為了和久違的同業認真談論公司而離開她身邊。

香蓮雖然已經二十歲，但因為不喝酒，所以拿了一杯葡萄汁後，就想著「高級飯店的葡萄汁果然好喝」並且緊貼在接待室不可思議圖案的牆壁上。

看了一下手上那只從姊姊那裡借來的，似乎一碰就會壞掉的手錶，發現派對時間還有一個多小時。

香蓮這時突然懷念起小蓮在ＧＧＯ裡頭所戴的強韌手錶。她認真地想著，如果AmuSphere能變得像眼鏡那麼小，現在能夠在這裡潛行到虛擬世界就好了。

香蓮感覺看了手錶之後，自己的心就飛到ＧＧＯ裡頭去了。從身穿彆扭禮服的高大電線杆，變成另一個自己，也就是嬌小活潑開朗又元氣十足的小蓮。

上一次潛行是前天星期日，也就是十六日。當時是參加了遊戲測試。

從美優家裡以借來的AmuSphere加入測試，和強大的ＡＩ角色盡情戰鬥，雖然有了許多失敗，但總和來說還是相當快樂的一天。

結束之後還和Ｍ先生、Pito小姐以及不可次郎在酒場裡舉行宴會。

話說回來，Pitohui那時曾表示差不多要發表舉行第四屆Squad Jam的消息，並且募集參加者了。

香蓮內心想著發生了許多事情的ＳＪ也是在二〇二六年，亦即仍是在今年所發生的事情，同時也喚醒了自己的記憶。

第一屆ＳＪ是在二月一日。

Pitohui介紹Ｍ給自己認識後就一起戰鬥，打倒了職業小隊與ＭＭＴＭ，雖然最後發生了一點爭執，但還是打倒強敵ＳＨＩＮＣ並獲得勝利。

對於之前只進行暗殺般的偷偷摸摸ＰＫ這種姑息對人戰的蓮來說，這是相當寶貴的一次經驗。那場戰鬥讓她之後有了自信已是無庸置疑的事實。另外也跟附設高中新體操社的眾人成為朋友。

ＳＪ2是四月四日舉行。

在Ｍ提出殺了Pitohui來解救她的懇求之下，和可靠的搭檔不可次郎一起參賽。盡情地大鬧一番，打倒大量礙事者，最後和大魔王Pitohui上演了壯烈的死鬥——同時享受了整個過程。

之後和現實世界的Pitohui，亦即長久以來都是其超級粉絲的神崎艾莎見面也是一輩子無法忘記的回憶。當然被吻這件事情已經忘記了。

上一屆ＳＪ3是七月五日舉行。

那個時候還以為首次能跟Pitohui組隊參賽，而且也以為能跟宿命的敵人ＳＨＩＮＣ認真戰鬥了。

但途中卻倒楣地遇見可恨的狗屁作家——不對，不能罵髒話，還是重來一次吧，是性格不可理喻的作家讓營運公司採用必須從小隊裡出現背叛者這種獨特規則的狀況。

嗯，反正結果還不錯，其他事情就算了吧。現在回想起來，和同為背叛者的老大一起戰鬥也是很有趣的經驗。

那麼接下來的ＳＪ４又如何呢？

由於到ＳＪ３為止都還算成功，而且也還沒收到主辦的該名作家的訃聞，所以應該會繼續舉辦才對。

Pitohui與Ｍ都表示快的話下個月初，說不定這個月底左右就會舉行了。

然後話題就很自然地發展成到時候該如何編組小隊。要跟ＳＪ３的時候一樣，還是由四個人組成「ＬＰＦＭ」來參賽，還是要想辦法再找兩個人呢？

以全日本機關槍愛好者「ＺＥＭＡＬ」為首的ＳＪ敵方老面孔都不斷地變強。另外還有新體操社小隊「ＳＨＩＮＣ」、memento mori也就是「ＭＭＴＭ」等為了雪恥而摩拳擦掌的傢伙。

開始覺得只有四個人參賽有點不安了。而且對手們應該也會希望這邊能湊滿人數來參賽吧。

但還缺兩個人，真的有玩家願意，而且也有足夠的實力加入這個全是怪人——成員個性獨特的小隊嗎？那個時候的蓮完全想不出合適的人選。

話說回來，當時Pitohui的確露出有所企圖的表情，不過那個人不論何時都是有所企圖的表情，然後也確實有所企圖。香蓮也就不再深究這個部分了。

「妳似乎很閒嘛？」

腦袋已經飛到GGO裡的香蓮，被人搭話之後思緒才回到現實。

轉頭看向右方的聲音來源之後，發現該處沒有任何人在。眼前是一片跟剛才沒有兩樣的派對會場景色。

奇怪了？剛才確實聽見男性的聲音了。

當香蓮懷疑是不是自己的幻聽時……

「直接往下看。」

近處再次傳來男性的聲音……

「？」

香蓮把臉往下移，視線也跟著有所變動。

然後終於發現了該名男性。

男人就在自己眼前。雖然近在眼前……

「哎呀，我很矮小對吧。」

正如他所說的，因為身材太矮所以沒有看見。

男人的身高不知道有沒有一五〇公分，大概就跟GGO世界裡的蓮一樣嬌小。而且橫向的面積相當寬廣，所以形成圓滾滾的雞蛋般體格。

年齡看起來不像二十多歲與四十多歲，所以用消去法來看應該是三十多歲吧。和此地的所有男性一樣穿著昂貴的西裝，短髮則用髮油整個往後固定住。

男人配合體格的圓形臉龐露出粲然微笑……

「一直以來矮小兼圓滾滾的體型就是我的心理障礙。由於不斷地被嘲笑，所以我很感嘆為什麼自己會生得又矮又胖。」

對方突然就坦誠地對香蓮做出這樣的發言……

「妳也覺得我很好笑嗎？」

接著又繼續提出這樣的問題。口氣雖然溫柔，但是眼神相當認真。

「不。」

香蓮立刻這麼回答。

「我自己一直因為高大的身材而被嘲笑，所以絕對不會去嘲笑自己無法決定的體格。」

那是無庸置疑的真心話。

正因為清楚記得自己如何受到周圍的訕笑、輕蔑、嘲弄，正因為無法忘記這些事情，香蓮才會下定決心絕對不對其他人做出同樣的事。這個誓言應該到死都不會改變吧。

男人再次露出燦笑。

「跟妳搭話真是太好了。初次見面，我的名字叫『西山田炎（Fire）』。」

「啥？」

聽見不像是名字的發音後，香蓮的腦袋有點僵住了。

男人則是預測香蓮會有這種反應，以享受這一幕的表情笑著表示：

「漢字的話是西邊的西，高山的高，稻田的田以及炎熱的炎。然後炎唸作『Fire』。很厲害的名字吧？不論是在學校還是公司，一開始都沒人能夠唸對！」

那是當然的吧。

香蓮雖然感到傻眼，不過也失去目前繼續跟名為西山田的男人對話這件事的抵抗感……

「我叫作小比類卷香蓮。『嬌小的小、比較的比、類似的類、卷軸的卷，最後是芳香蓮花的香蓮。』經常聽人家說我的姓氏很奇特。」

香蓮自然地報上自己的姓名。「嬌小的～」這段台詞是從小就不斷重複，用來介紹自己姓名漢字的常套句。美優表示很像偶像的自我介紹，聽起來很帥氣。

其實不只是香蓮，年輕女性對於初次見面的男性通常都會異常警戒，但這裡是父親的同業所聚集的派對，參加者應該都擁有正當身分。就算告訴對方姓名，也不會突然就被拿去做壞事吧。

「小比類卷的話，青森縣的三澤市有許多這個姓氏。妳的老家是在那裡嗎？」

「是的。那是父親的老家。我則是在北海道的帶廣出生並且長大。」

「北海道的帶廣嗎！我去過那裡好幾次！豬肉蓋飯雖然有名，但我喜歡的是那裡的咖哩連鎖店！香蓮小姐妳呢？」

「是的。高中的時候也常跟朋友一起去。」

「經常去嗎？能夠每天吃到那裡的咖哩真的很棒。還有帶廣車站前面的大溫度計呢——」

哎呀，這個名叫西山田的男人話術頗為高明。而且知識也很豐富。不斷提出香蓮也知道的北海道話題，完全不讓對話中斷。

在他人眼裡看起來，持續對話的兩個人……

「哎呀，這對七爺八爺情侶的感情真好！」

一定會被認為是這樣。因為身高差距達30公分以上。大概有母與子這樣的距離了吧。

結果大概聊了十五分鐘左右吧。

其實沒有什麼大不了的話題，結束之後根本想不太起來究竟聊了些什麼。但是對香蓮來說已經是不錯的殺時間方式。

不過和家人親戚之外的年輕男性單獨對話的經驗，大概就只有ＳＪ２前跟豪志對話那一次吧。

如果對方開始搭訕的話該怎麼辦？要是固執地詢問聯絡方式該怎麼辦？

重新浮現這種想法後，香蓮不由得開始有所警戒，但是西山田……

「噢，差不多該去向其他人打招呼了。抱歉喔。」

沒有死纏爛打，輕易地就自行撤退了。

等等，只是嘴巴上這麼說，最後還是會問聯絡方式吧？

這麼想的香蓮依然保持著警戒態勢……

「那麼我先走了。跟妳聊天很愉快。」

名叫Fire的矮胖男性就迅速轉身離開。混雜在派對會場其他男性當中，一下子就看不見人影了。

呼，幸好沒有被搭訕。

香蓮雖然因此而鬆了一口氣——

「啊～那個傢伙……需要特別注意喲。」

當天晚上，和美優用電話聊天時她就這麼表示。

美優從智慧型手機傳出的聲音之所以有回音，是因為她在自家的浴室當中。為了美容與健康而長時間泡澡的美優，因為這段時間無事可做而經常打電話給香蓮。

在美優表示絕對要把禮服照片傳過來這個話題之後，香蓮提到了西山田的事情，結果美優就這麼對她說。

「注意……？到底怎麼回事？」

「沒有啦，就是小比妳絕對被盯上了。妳比自己的認知還要有魅力得多，所以這也是沒辦法的事喲。這是『我們』這種搶手女性的宿命，妳就別掙扎了。」

美優雖然強調自己也包含在內，但是香蓮根本沒有多餘的心思來聽出這一點。

「等等、等等。只是聊天來殺殺時間而已啊，而且對方完全沒有詢問聯絡方式。」

香蓮微微搖頭並且這麼回答。順帶一提，目前趴在床上的她，把手機放在床鋪旁邊的充電器上。

「千萬不能大意。那個人是叫Fire吧？那傢伙會先把護城河填起來。妳還記得『大坂夏之陣』那件事吧？沒錯……那是個悶熱的日子……」

「別說得好像妳在現場一樣。到底是怎麼回事？」

「之所以沒問聯絡方式，是因為有太多方法可以知道了。她是伯父的同業吧？只要問一下『帶廣的小比類卷先生』立刻就能知道了吧。」

「嗚……」

這倒是真的。那裡的人全都登錄了地址與聯絡方式。

但真的會有男性對如此高大的女性有興趣嗎？當香蓮想著可能性應該很低時，美優她……

「哎，不過受到男性的追求也不是什麼壞事喲。」

就開口說出另有深意的發言。

「等一下。為什麼會變成那樣？」

「小比也差不多該找個人交往看看了。」

「咦？為什麼會變成那樣？」

「說不定妳跟那個Fire還滿適合的喲。」

「就～說～了～」

「結婚的時候記得叫我。不知道該如何約會的話，我之後可以教妳喲。」

「我～說～啊～」

「對了，要舉辦ＳＪ４的話，要不要再跟大家一起參賽？」

「咦？嗯，這個嘛，好啊。」

突然被問其他事情，香蓮便迅速順勢老實地回答。直接答應了邀請。

「好耶！剛才的對話我已經錄音了！得把檔案傳給Pito小姐才行！」

「喂，這才是妳的目的嗎……」

香蓮感到相當傻眼。美優似乎完全沒有認真考慮西山田的事情。

「是啊。Pito小姐威脅我下一屆ＳＪ不把蓮拖出來就要殺了我！（當然是在ＧＧＯ裡），沒辦法的我才會……其實我也……妳知道的嘛……我也很珍惜性命……因為還年輕，而且這麼可愛……」

「反正妳一定是興沖沖就答應了。」

「原來如此，妳是超能力者嗎？」

香蓮這時候也完全把西山田的事情拋諸腦後，內心已經飛到ＧＧＯ的戰場上去了。

「下一屆的Squad Jam嗎……這次一定、這次一定……要跟小咲她們的新體操社分出勝負……」

閉起眼睛的香蓮眼瞼裡，開始浮現ＳＨＩＮＣ眾成員的模樣。

站在中央那名拿著恐怖消音狙擊槍「ＶＳＳ Vintorez」的辮子大猩猩，正露出連小孩子都會嚇到逃走的笑容。

「沒錯。這樣才有志氣……來……戰鬥吧……嬌小的粉紅惡魔啊……讓對手灑下多邊形血液……妳的內心……喉嚨……都渴望著……」

「討～厭～！別說這種恐怖的旁白啦，美優！」

「哇哈哈哈哈！那麼就好好享受下一屆的ＳＪ吧！好了，我差不多要起來了。謝謝妳陪我聊天。」

「嗯。那麼決定舉行的話再通知我。」

就這樣，香蓮結束了與美優的歡樂通話——

「好了，我也洗澡睡覺吧！」

不過她完全無法得知隔天所發生的事情。

那是隔天八月二十一日，星期五早晨。

將舉行第四屆Squad Jam的消息發布，同時開始募集參賽隊伍。

幾乎在同一時間……

「希望能夠在結婚的前提下跟香蓮小姐交往」。

西山田的電子郵件也傳到香蓮父親的手邊。

SECT.2

第二章　名為Fire的男人

「盤踞在ＧＧＯ當中的熱烈槍械迷們！大家都好嗎？

我很好喔！所以呢！要舉行第四屆Squad Jam，也就是ＳＪ４嘍！

下個星期三，八月二十六日的十二點，Let's fight！」

按照慣例，贊助ＳＪ的作家所寫的文章依然是無比輕佻。

這傢伙應該已經五十四歲了，腦袋簡直就跟小孩子一樣。讓看見文章的人只能啞然失笑。

「決定舉行ＳＪ４以及募集參賽者之通知」。

八月二十一日早晨十點，加了這個主題的訊息傳送到所有曾參加過ＳＪ的玩家手中。

ＳＨＩＮＣ的隊長伊娃，通稱老大的玩家——新渡戶咲便……

「來了啊啊啊啊啊啊啊啊啊啊啊啊啊啊啊！」

由於還在放暑假，在和家人吃著早午餐的餐桌前面發出聲音，結果被媽媽痛罵了一頓。

最後母親丟出「吃飯時不准看手機！」的禁令，於是咲便全力開始盡快解決掉早餐。

嘴裡雖然吃著法式吐司，但咲的心已經飛到跟蓮的單挑上了。

腦袋裡只想著該如何打倒她、該如何殺死她。

順帶一提，雖然還面臨新體操社沒有任何一年級新生入社這個重大問題，但是社長目前似乎不在意這件事。

身為ＭＭＴＭ隊長的大衛，因為現實世界的物流司機工作休假，所以一早就潛行到ＧＧＯ內，一個人默默地進行射擊練習。

注意到視界角落閃爍著接收到訊息的圖標，他就暫時中斷心愛的突擊步槍「ＳＴＭ－５５６」的射擊，移動左手叫出能力值畫面。

只看見訊息的開頭……

「哈哈哈！」

就隨著笑容把彈匣裡剩餘的子彈全部以連射清空。

而那些子彈全都陷入室內射擊場的軌道另一邊，距離１５０公尺遠的人形槍靶頭部。

「等著瞧吧！Pitohui！」

這時候他也思考著如何才能夠打倒、殺掉Pitohui。

「規則基本上跟上一屆一樣，種子隊與預賽制度也相同。沒有什麼太大的變化喲。

ＳＪ４的時程表大概是這樣。我想大家應該知道，全部在八月喔。
二十四日（一）二十一點，結束報名。
二十五日（二）十二點，開始預賽。
二十六日（三）十二點，開始正式比賽。

只！不！過！
這次也有僅限於ＳＪ４的特別規則喲！It's special！」

又來了！隨你高興吧！
看到這裡的玩家幾乎都有這樣的想法。
就算是贊助者，也不能真的像個贊助者一樣為所欲為吧！
每個人都感到憤怒。
但也有人是例外。
操縱Pitohui的女性，大受歡迎的創作歌手神崎艾莎，在冷氣甚至有點冷的自家公寓寢室裡，全身赤裸地在大床鋪上裹著床單。
窗外是大都市東京的大樓群。從蕾絲窗簾照射進來的亮光當中，只罩著潔白床單佇立於該

處的黑髮美女，看起來就像是一幅風景畫。

這極度性感的美麗模樣，要是被艾莎的粉絲直接看見了，應該會休克而死吧。

寢室的牆就是一面螢幕，黑髮美女一邊看著顯示在畫面上的文字……

「真期待！那麼這次又會有什麼樣的狗屁規則了呢！」

艾莎露出看起來很開心的惡魔般微笑。

「請用。」

走進寢室的阿僧祇豪志，輕輕地把裝有熱美式咖啡的杯子遞給艾莎。

「謝謝。」

艾莎接過咖啡之後，靜靜地把杯子湊到嘴邊。

順帶一提，豪志目前是做裸體圍裙的打扮。可以看見他外露的臀部。

這時他強健的臀部……

「唔嗯，好喝。背對我，這是給你的謝禮。」

被艾莎一把踹飛。

這極度暴力的美麗模樣，要是被艾莎的粉絲直接看見了，應該會休克而死吧。

「不過呢，這次不會再有ＳＪ３時的『背叛者』規則了！

同樣的事情再來一遍也很無趣！也討厭被認為想不出新點子嘛！
這次沒有任何規則來分離以熱血連結在一起的伙伴！
ＳＪ４是選出真正最強隊伍的鐵血小隊大混戰！」

看到這裡時，小隊「全日本機關槍愛好者」，簡稱ＺＥＭＡＬ的龐克頭男，休伊……
「混帳東西！我們是以彈鏈連結在一起的！才不是『血液』這種每個人都有的東西呢！」
就因為奇妙的點而異常憤怒。
順帶一提，彈鏈是把機槍使用的彈藥帶連結起來的金屬零件。大致上來說，它會因為射擊而四分五裂，這樣的比喻真的沒關係嗎？
聽見強壯身軀上掛著「Ｍ２４０Ｂ」巨大機槍的休伊這麼說，待在周圍的四名同伴就不停地點頭。
今天雖然是平日，友情深厚的眾人也從上午就齊聚在一起玩ＧＧＯ。小隊裡面也有社會人士，真的不用理會工作嗎？
由於在戰場上注意到訊息，所有人就叫出能力值畫面，在朝陽照耀下的岩石上看了起來。
服裝是平常的小隊服，也就是帶有徽章的綠色抓毛絨外套再加上黑色戰鬥褲。
手上各自拿著愛用的機槍，上面裝設了連結到巨大背包的金屬製軌道。那是上週的遊戲測試裡發揮強大威力，能夠連續射擊一百發到一千發子彈的「背包型供彈系統」。

因為閱讀ＳＪ４公告而完全忘記警戒的他們——

一隻全身漆黑的巨大棕熊般怪物正躡手躡腳，在幾乎沒有發出任何聲音的情況下靠了過來。

這個戰場上散布著足有卡車大小的巨岩，算是視野相當差的地方。非常適合悄聲接近。

棕熊先在巨大岩石的陰影處縮起身子，接著完全鎖定沒有發現牠的五個人。

轟！

沒有發出任何吼聲，棕熊就全力運用全身的肌肉，爬上一顆岩石並且跳到空中。

那是距離足足有10公尺左右的超大跳躍。棕熊豎起銳利長爪，直接衝進ＺＥＭＡＬ眾人之中——

咚喀喀喀喀喀喀喀喀喀喀喀喀喀喀喀喀喀喀喀喀喀喀喀喀喀！

一把槍械發出了低吼！

連續射出的子彈，不斷貫穿棕熊仍然在空中的巨大身軀。從這種連續射擊以及威力來看，

那絕對是出自機槍的射擊。

「啊！」「唔！」「呼咿？」「哦？」「什麼？」

真正嚇了一大跳的五個人前面，身體上到處閃爍紅色著彈特效的棕熊迅速掉落，並且發出

震天巨響。接著就變成粒子消失無蹤。

ＺＥＭＡＬ的五個人一起露出呆滯的表情。

不過還是能夠得知自己幾個人因為大意而快要被怪物吃掉時，被某個人出手救了性命。

接著就從岩石上方傳來清澈的聲音。

「嗨！剛才真是好險！」

那是宛如女高音的女性聲音。

回過神的五個人將視線移過去……

「嗯，託你們的福我才能輕鬆打倒牠，也算是幸運了！順利幹掉大怪嘍！」

距離20公尺左右的巨大岩石上，有一名未曾見過的女性角色。

那是一名看起來大約二十多歲的女性虛擬角色。

對方有著端正的五官以及透明般的白色肌膚。除了似乎能把人吸進去的灰色眼珠之外，漂亮紅酒色的短髮上還戴著深藍色針織帽。

雖然沒有粉紅色小不點那麼誇張，但還是有著嬌小纖細的體格。上半身穿著夾克，下半身的褲子則是綠色虎斑圖樣，也就是所謂的虎紋迷彩。

然後她手中剛才把棕熊打成蜂窩的那把槍械是——

「『ＲＰＤ輕機槍』！」

「而且還把槍身改短了！」

不愧是機槍狂的ZEMAL，一瞬間就注意到了。

她以肩帶掛在肩上的武器，是被稱為RPD的舊蘇聯製機關槍。那是一把跟AK47使用相同彈藥的輕機槍。

整體來說有著細長的外型，在機槍當中已經算比較輕了，但她還是自行加以改造。女性把長槍身切斷，同時去除了附著在上面的沉重兩腳架，讓它變得更輕也更靈活。根據紀錄，越戰當中美軍的特戰隊曾經進行過類似的加工。

看見經過精心改造的槍械以及拿著它的女性角色，ZEMAL的五個人就做出了符合ZEMAL個性的行動。

也就是心一瞬間就被奪走了。

拿著機關槍的美女——也就是說她正是我們的女神嘍？

沒錯，一定是這樣。沒有理由不是。

她絕對是機關槍之神派遣過來的女神。

這已經是一種信仰了。現在就有五名信眾誕生。

在男人們一起露出呆滯表情的狀況中……

「噢，你們是參加SJ的那支機關槍迷小隊！我看過比賽的影像嘍。」

女性接著開口這麼說道。說話的模樣是那麼地溫柔、親切卻又凜然。

喔喔，女神竟然知道我們，實在是太幸福了。於是五個人又繼續他們的信奉。

「但是呢，你們一點戰略都沒有。明明有最強大的火力，感覺卻都白白浪費掉了。」

喔喔，女神大人降下神諭了。五個人持續他們的信奉。

「我覺得只要戰術應用更靈活一點，絕對可以拿下前幾名，不對，甚至可以獲得優勝。」

「如此一來！」

突然發出巨大聲音的是黑髮的Sinohara。

「請加入我們的小隊，引導愚昧的我們吧！」

下一個瞬間，五個男人就一起跪了下來。明明沒有互相示意，動作卻是完全一致。

壯漢們就這樣對站在岩石上的美女垂下頭來。

她雖然一瞬間瞪大眼睛……

「噗！啊哈哈哈哈！啊哈哈哈哈哈！」

噗哧一聲後，就很開心般笑了起來。而且是笑個不停。

像是痛快的連射，也像是天使般歌聲的笑聲就在槍械與疾風的荒蕪大地上響起。五個男人享受到ＨＰ完全回復一般的快感。

笑了一陣子後，機槍美女才開口表示：

「好吧！我就加入你們的小隊！」

「真的嗎————————！」

五個人撼動天地的吼叫，似乎帶著足以打倒周圍怪物的魄力。

「我不會說謊。你們要參加下一屆ＳＪ吧？看起來很有趣嘛！我就當隊長，引導你們成為最強的小隊吧！」

聽見這段話的五個人開始大叫。已經高興到手舞足蹈。只見他們跳舞、哭泣並且祈禱著。

似乎完全忘記要繼續閱讀ＳＪ４剩下的規則。

女性角色看著像小孩子一樣喧鬧的五個人，靜靜丟出一句話來。

「對了……你們不問我的名字嗎？」

「而特別規則呢，其實這次也一樣得等到比賽開始才能知道！不過，一旦開始比賽應該立刻就能注意到了！大家敬請期帶嘍！」

作家的文章不只文體輕佻，裡面還出現了錯字。

最後的「敬請期帶！」應該是想寫「期待」而選錯字了吧。如果是小說，就是會被校閱人員以紅筆圈出來的地方。應該說，自己注意一下好嗎？

「只不過，只有這件事我必須先告訴大家！
為了這次的特別規則，有兩個重要的通知喲！真的非常重要，所以一定要看喔！
重點1：彈藥會自動補充喔！
這次的SJ4呢，經過三十分鐘時，每個人至今為止使用的彈藥（實彈、光學槍與光子劍的能量、手榴彈的數量）都會完全復活！
但是受到損傷的槍械和裝備完全不會回復。角色的HP也跟之前一樣，只有三根急救治療套件。
然後經過一小時、一小時三十分鐘、兩小時之後彈藥也同樣會完全復活，所以不用客氣盡量開槍吧。
不盡情開槍的話……哎呀，理由現在不能透露。」

「什麼嘛？」
看到這裡時，艾爾賓就說出內心的疑惑。
他是小隊「T－S」的成員之一。
T－S的成員是全身穿戴著護具的科幻士兵，SJ2裡雖然是坐收漁翁之利，但還是獲得優勝，所以是擁有種子隊權利的小隊。

其中編號「002」的艾爾賓在SJ3裡被認定為背叛者，和Pitohui一起在豪華客船上戰鬥。最後卻被她輕鬆地幹掉。

上週的遊戲測試裡，T－S也跟其他人合作，靠著自身的防禦力來當盾牌。

他們目前的所在地是周圍全是傾倒大樓的廢墟戰場。由於有強烈的世界末日感，對於一部分有特殊興趣的人來說是相當有魅力的地點。

艾爾賓身邊那些除了畫上去的號碼外就分辨不出誰是誰的隊員們，這時也不斷說出內心的疑問。

「是表示戰鬥會如此熾烈嗎？」

「但是之前的戰鬥也十分熾烈了吧。不是有到了尾聲時彈藥不足的人嗎？」

「說得也是……那麼，為什麼只有這一屆彈藥會完全回復？」

「我也不知道。已經不知道那個作家在想什麼了……」

艾爾賓他……

「嗯，彈藥補充確實值得高興。那就不用客氣盡量射擊吧。一起加油。」

說出了相當正面的感想。他們已經學到SJ裡頭根本無法預料會發生什麼事。

只要和Pitohui扯上關係，心靈就會變得堅強。

「接下來是重點2嘍！

這次會要所有的玩家攜帶手槍喲！

你問為什麼？優秀的GGO玩家當然得活用各種槍械才行啊。

所以這次的戰場上設置了幾個『禁止使用手槍以外槍械』的區域。

該處除了手槍之外的槍械都會被自動上鎖，完全無法發射子彈。能使用的武器就只有手槍、小刀、光子劍、手榴彈以及打擊。

關於手槍的定義，只要道具設定畫面是屬於『Handgun』範疇就OK。

不論是像掌心雷這樣的超小型手槍，還是像S&W的M500系列那樣的超大型手槍都沒關係！但是把步槍的槍身與槍托切斷來改短，變成像是黑幫的改造手槍那樣可不行喲。

另外也為平常不使用手槍的人準備了一些救濟措施！

只有本屆——決定「手槍、槍套、彈匣以及彈藥的重量，將不列入各角色的倉庫欄容許量的計算當中」。

也就是說，就算裝備跟之前一樣，還是可以再加上手槍！平常就使用手槍的人，就能因此而攜帶其他武器了！

當然……不想帶的話當然也OK喲！奸笑。」

「咦咦～！」

在東京的自家公寓裡，以愛用的筆電閱讀著規則的香蓮，老實地對這條規定發出不滿的聲音。

香蓮她，或許應該說蓮她至今為止都沒有使用過手槍。

在ＧＧＯ剛開始不久後的訓練課程裡，嘴巴相當不乾淨的魔鬼教官傳授了射擊方法。但無論怎麼努力就是無法順利擊中目標，結果就放棄使用手槍了。

只要有Ｐ９０，愛稱小Ｐ的這把槍械就夠了。也曾經單手拿著它，像手槍一樣來射擊。副武裝就是裝設在腰間的戰鬥小刀「小刀刀」。然後有時會使用手榴彈。

這是蓮一路以來所確立的戰鬥型態。事到如今才要我再加入根本無法擊中目標的手槍？我又不是傻了。

「沒有也沒關係吧……」

香蓮這麼想著。一邊看著無聲掛在房間天花板上的照明燈具一邊這麼想著。

手槍這種武器的交戰距離其實比想像中還要短。

不論技術再怎麼高超，瞄準人並且能夠擊中的距離大約只有50公尺。雙方都會活動的話，距離應該就更短了吧。

彼此用手槍射擊的話，有時候甚至會出現即使距離只有數公尺也無法幹掉對方的情況。

這樣的話，光憑蓮的敏捷性，只用小刀應該也能戰鬥才對吧。

實際上，在ＳＪ裡頭跟老大戰鬥時，對方就是拿手槍，而自己則是小刀。那個時候不也熬過來了嗎？

「好！決定不要了！」

香蓮迅速做出了結論。

「咦～！」

在ＧＧＯ內看著能力值畫面的夏莉，老實地說出對於這個規定的不滿。

她目前是在ＧＧＯ首都「ＳＢＣ格洛肯」當中的出租空間。

這裡可以免費租借到ＫＴＶ包廂般的小房間，夏莉總是在這個地方製造開花彈。那是只要能夠擊中對方就能奪取性命的必殺子彈。

對於在北海道從事獵人兼自然生態導覽員的霧島舞，也就是現實世界的夏莉來說，夏季因為有許多希望欣賞豐富自然環境而來到北海道的客人，所以算是導遊業忙碌的時期。

只不過今天剛好沒有行程，所以從早上就急忙進行作業。在這樣的情況中，即將舉行ＳＪ4的通知就傳到了她的手邊。由於她本來就希望能參賽，所以這件事本身當然相當令人高興，但是……

「攜帶手槍竟然是義務……」

夏莉的情況也跟蓮一樣。

她本來是為了練習狩獵才會開始玩GGO。只要能夠射擊跟獵槍一樣的手動槍機式步槍就滿足的她，也只有在教學訓練裡才拿過手槍。

「………」

她的腰間也掛著名為劍鉈的匕首。就像跟克拉倫斯對決時一樣，只要用它來進行肉搏戰的話——

「可惡！不行啊！」

夏莉搖了搖頭。

既然要參戰就想要獲勝。然後最重要的是想割下可憎Pitohui的頭顱。

Pitohui的手槍射擊技術也十分優秀。SJ2的時候，她以最不穩定的單手射擊不斷射殺逃走的同伴，所以夏莉很清楚這件事。

面對那樣的對手，實在不認為光靠一把劍鉈就能夠獲勝。

現在就必須購買手槍並且開始練習了。可以的話，也想製造手槍用的開花彈。

這時候夏莉的腦袋裡，浮現出過去對戰過的對手當中某個能夠迅速拔出手槍來射擊的人。

她的臉上瞬時露出笑容。

夏莉揮舞左手操縱著能力值畫面，對登錄為朋友的角色打了一則訊息並且送出。

「喂，妳其實很會用手槍吧？」

「或許吧！我陪妳去買吧！現在在哪？」

一瞬間就接到來自克拉倫斯的回信。

「呵，手槍的話我本來就有喲……」

美優在路線巴士混雜的車內忍不住這麼呢喃，差點就有人要找警察過來了。

「每隔三十分鐘就會自動補充彈藥以及攜帶手槍的義務。

不要忘了這兩個重點，那麼各位，Let's try ＳＪ４！

報名時間從現在開始到二十四日，星期一的二十一點為止喲！

那麼，大家快來快來報名吧！」

＊　＊　＊

香蓮剛看完輕佻的邀約文章，智慧型手機也同時響起神崎艾莎的歌聲並且開始震動。

知道香蓮手機號碼的人不多，大概就只有家人、美優和咲她們而已。其中最常打電話過來的當然就是美優，而且是在發布即將舉行ＳＪ４的消息之後，所以香蓮完全沒有任何戒心。

也就是說，沒有好好確認畫面上的姓名就把手機拿到耳邊，然後按下通話鍵。

「嗯嗯。我看完了喲。」

香蓮一這麼說……

「看完什麼？」

父親的聲音就傳進耳裡，香蓮手裡的手機差點就要掉落。

「哇，是爸爸嗎……抱歉，我還以為是美優。」

「哎呀？那是看完什麼了呢？」

「……祕密。」

「這樣啊……算了，早啊香蓮。現在方便講話嗎？」

由於父親很少會直接打電話過來，所以香蓮便啪一聲合起筆電。至於父親本人，則是在昨天參加完派對後，應該就搭一大早的飛機回到老家去了。

「可以喔——有什麼事呢，爸爸？」

該不會是又要我參加派對這個話題吧……以既然都買了禮服之類的藉口來強迫人就範……

香蓮擺出防衛姿態。而父親開口說的……

「香蓮，妳知道西山田炎這個人嗎？」

卻是這種出乎意料的發言。父親又繼續表示：

「名字是唸作Fire。漢字是炎但唸作Fire。好奇特的名字。」

內心雖然浮現「咦？」的想法，但香蓮還是老實地回答：

「我知道……昨天在派對會場稍微跟他聊了一下。」

「哦，是什麼樣的人？」

「嗯……個子很矮的人。還有……不會嘲笑我高大身材的人吧。」

「嗯嗯。他在業界也因為那個名字與體格而很有名喲。優秀而且努力，是個很有未來的年輕人。」

「這……這樣啊……」

香蓮開始覺得有點不安了。

「然後呢，他今天早上剛剛跟我聯絡過了。」

「為……為什麼？」

香蓮感到相當不安了。

「他說『希望能夠在結婚的前提下跟香蓮小姐交往』。」

護城河被填起來了！

香蓮的內心出現一座大坂城。

「…………」

「喂喂？香～蓮～？」

「……什……什……什……」

「要先等妳冷靜下來嗎？」

由於父親溫柔地這麼表示，香蓮也就不客氣地回答：

「嗯，就這麼辦吧……大概十年左右……」

「這樣不行。對人家太失禮了。」

「為……為什麼會變成這樣？為什麼會出現這個話題……？」

「這就說來話長了——」

父親從頭開始說明了一遍。

父親的公司接到一封要給他的電子郵件。嚴謹的文章裡寫著和香蓮在派對裡相遇並且交談，於是相當欣賞她，希望能夠娶她為妻。

「事情就是這樣。」

「真短！那……那麼爸爸怎麼回答？」

「就是想問這件事才打電話給妳啊。因為最重要的是香蓮的心意。」

「當……當……當……當……當當——」

「『當然沒問題』？」

「當……當……當……」

「『當然可以』？」

「當然是不行啦！為什麼是結婚，還有交往什麼的根本不可能啦，他說的是哪國話，不是這樣的吧！」

香蓮的手所用的力道似乎快要把智慧型手機捏碎了。

「嗯，果然是這樣嗎？」

「那爸爸你覺得如何？我還只是二十歲的學生喔。」

「嗯……我可以老實地回答嗎？」

「嗚咕……好喔。」

「那我就說了，我覺得這是個不錯的主意。我知道他有身高方面的心理障礙，但是可以將其昇華並且一路努力過來。感覺境遇跟香蓮有點相似。我認為他不會同情或憐憫香蓮辛苦的心情，而是可以理解妳的人。」

「嗚咕……但是我還——」

「我還沒說完呢。而且現在這個時候很少有人敢說『在結婚的前提下交往』了。他有確實思考要負起責任。絕對不是以輕佻的心情來提出要求。這不是很了不起嗎？爸爸就沒辦法做到這種事了……」

感覺最後似乎隨口說出無法忽略的一句話，但是香蓮現在沒有多餘的心思加以追究了。

「當然還是要由香蓮來決定——妳覺得呢？」

「所以妳當然說ＯＫ了吧，小比？」

「我當然拒絕了啊！」

這次真的是跟美優講電話了。

結束與父親的通話後，在帶廣車站前從巴士上下車的美優就立刻打電話過來。

「護城河真的被填起來了啦！嚇我一跳！而且竟然連爸爸都覺得可以接受，到底在搞什麼？真不敢相信！」

香蓮連珠炮般說出一串話。美優則是以冷靜的口氣表示：

「不過我也可以理解伯父的心情喲……他的年紀比我爸媽大得多。要是說到心愛的小女兒的結婚對象，一邊是『不知道打哪裡來的傢伙』，一邊是跟生意相關又認識的人，選擇哪邊比較好不是很清楚了嗎？」

「這……這我當然可以理解！」

「雖然時間短暫，但妳跟他聊過天吧？聊完之後妳會討厭那個傢伙嗎？」

「並……並不會！」

「那麼既然不討厭，乾脆就交往看看啊？」

「我還要很久之後才結婚，目前完全沒考慮這件事啦！」

「但是將來還是想結婚吧？小比妳應該不是單身主義者才對吧。記得妳曾經說過也想結婚生子啊。」

「確實是這樣沒錯……」

一直帶著驚嘆號來說話的香蓮，說話的口氣稍微冷靜下來了。

香蓮也跟一般人一樣，將來也想步入家庭。

由於知道兩個姊姊都有幸福的婚姻與可愛的孩子，每天都過著快樂的日子，所以也會想自己將來也要像她們一樣。

「這樣的話，就先把握一次自己送上門來的男人如何？那個人是叫Fire吧？他不是小比喜歡的類型嗎？」

「咦？沒有啦……」

「那妳喜歡哪種類型的男生？只是說說又不用錢，妳就說說看吧？」

跟美優商量的話會不斷被吐嘈，根本不可能全身而退，內心這麼想著的香蓮老實開口回答：

「像小P那樣的……」

「那不是男人。應該說，至少也選個人類吧……閣下將來是要跟槍結婚嗎？」

「只……只是比喻啦！值得信賴、性能又好、外型也很不錯……」

「知道了知道了。嗯，如果香蓮沒有意思的話，的確不能硬要妳跟他交往。」

哎呀，美優竟然如此輕易就撤退了。

當香蓮感到不可思議並鬆了一口氣時……

「不過妳把那個傢伙介紹給我吧。就算又矮又胖，習慣之後說不定就滿可愛的。男人不能只看外表。最重要的是，有錢人就能加很多分了！」

「…………」

「如此一來我就跟他約個一次會。他一定會帶我到銀座的高級壽司店去！我很想要新的包包喲！如果還可以有更進一步的要求，那應該就是車子了吧。我想要自己的車子。像賓士、BMW之類的！」

香蓮開始想追溯自己是如何跟美優變成好友的回憶了。

「然後小比不論是要從近處還是遠方觀看我們親密的約會模樣都沒問題喲！」

「看你們約會……做什麼？」

「如此一來，說不定就能發現Fire他的魅力了啊？妳不知道這句格言嗎？『女人發現男人獨自一個人時，就會尋找他無法成為自己男友的理由』。」

「哦……」

「然後這句話還有後續。『但是女人發現男人和其他女人感情融洽時，就會忍不住尋找他能成為自己男友的理由』。」

「就是美優之前極力主張的觀念吧。所謂『受歡迎的男人，就是得到其他女人歡心的男人』。」

「正是如此。也就是說我和Fire約會的話，小比就會去注意Fire的優點！那麼，我真的可以跟Fire約會嗎？可以嗎？」

面對美優窺探他人內心般的口氣……

「嗯，可以喔。」

香蓮老實地這麼回答。

然後又加了這麼一句。

「倒是我們來討論ＳＪ４的事情吧？」

＊　＊　＊

八月二十三日，星期一中午。

有四個人聚集在ＧＧＯ首都格洛肯的酒場裡。

分別是粉紅色的小蓮、茶色的不可次郎、深藍色的Pitohui以及綠色的Ｍ。由於店內客人不多，所以他們沒有選擇包廂，只坐在通道旁邊的四人座席。

表面上是週五發表將舉行ＳＪ４之後，小隊的第一次會議，實際上只是普通的茶會。

「謝謝大家撥空前來。不過其他兩個人今天無法出席喲。」

由於剛來不久Pitohui就開口這麼說，於是坐在她對面啜著冰紅茶的香蓮就問道：

「『其他兩個人』？Pito小姐，這次是要六個人參賽嗎？」

Pitohui瞬間因為不尋常的氣氛而繃起臉來。

「小蓮……妳……透視了我的內心嗎……？」

「這誰都知道吧！那麼，是什麼樣的人呢……？」

蓮以一半不安一半期待的口氣這麼詢問。

能夠以參賽人員上限的六個人參加ＳＪ，就戰力來說是相當令人安心的一件事。

但蓮就是忍不住會浮現「如果是合不來的人怎麼辦」的想法。至於和Pitohui合不合得來就先不管了。

「是小蓮你們也聽過名字的人喲。克拉倫斯還有夏莉。」

然後當聽見Pitohui回答的兩個人名時……

「真的嗎……？」

「真的假的！」

蓮和不可次郎都嚇了一大跳。不可次郎雖然知道增加了人員，但還沒聽說過那兩個人的名字。

克拉倫斯和夏莉。她們確實是蓮認識的人。

克拉倫斯是在ＳＪ２時以威脅手段——不對，是之後的交涉和提供一個吻的報酬後就爽快提供Ｐ９０彈匣的對象。

夏莉同樣是在ＳＪ２裡從遠距離狙擊Pitohui，差點就把她殺死的極危險狙擊手。她在ＳＪ３的時候以凶惡的開花彈與卓越的狙擊技術幹掉許多人，算是實力強大的玩家。

話說回來，那兩個人在ＳＪ３的時候進行了一場壯烈無比的單挑。蓮和咲她們一起觀看轉播的錄影後知道發生過這件事。

看見夏莉以劍鉈不停刺擊克拉倫斯腹部的香蓮……

「嗚……」

就因為殘忍的程度而移開視線……

「…………」

結果被蓮砍斷脖子的老大也就是咲，隨即用陰暗的眼神看著她。

這時不可次郎開口問道：

「Pito小姐啊，雖然嚇了一跳，不過妳是如何說服那兩個人的？那兩個人是最不可能加入我們小隊的人耶。」

「她們被我迸發的熱情給打動了。」

「不是被瘋狂射擊的槍給打中了？」

「這也有點關係。」

當兩個人說話時，蓮就開始思考起小隊在各方面的平衡度。

自己是負責以高速移動來搜敵（偵察）或攻擊的攻擊手。雖然有嬌小且難以被擊中的優點，但是防禦力弱。另外P90的最大有效射程是200公尺左右，跟其他突擊步槍相比，距離可以說短了一半以上而且威力也弱。

克拉倫斯大概也跟自己一樣是攻擊手。她的AR－57用的是跟P90同樣的子彈，所以射程也差不多。

但是根據SJ2時稍微瞄到的能力值畫面，她的敏捷性雖然不及蓮，但是體力與筋力值都比蓮高出許多。她應該花了不少時間在這款遊戲上吧。

M跟之前一樣是耐打的壯漢。擅長以M14・EBR進行狙擊，擁有強韌體力與頑強盾牌的他防禦力也無可挑剔。而且可以自由操縱戰場上的任何交通工具，最重要的是，他是能夠以冷靜沉著態度來指揮成員的人。

不可次郎，擁有兩把6連發槍榴彈發射器這種超強火力，以輔助成員來說是相當可靠。身材明明相當嬌小，卻擁有蓮根本望塵莫及的強壯身軀。不過經常會做些古怪的事情算是不安的要素。

Pitohui擅使各式各樣的武器與光劍，能完成長距離戰鬥之外的所有事情，可以說是超級全能戰士。而且還相當頑強。也就是怪物。魔王。恐怖的存在。不想與之為敵。不是敵人真的太好了。

夏莉則正如剛才的回憶，在SJ3展現了以開花彈完成一擊必殺，而且還是能完成無彈道預測線狙擊的強力狙擊手。

「等一下……這次太厲害了吧？小隊的平衡度變得超棒的！」

蓮發出了興奮的聲音。心跳開始加速了。

「對吧？這樣LPFMSC就是最佳小隊了！我們是夢幻隊喲！」

Pitohui扭曲臉上的刺青露出了笑容。

雖然強行加入兩個人名字縮寫的小隊名變得更加難唸了，但是沒有人提及這件事。

而且小隊簡稱最多只有五個字，應該無法獲得SJ的認可吧。看來得想個新名字才行了。

不過現在先別管這件事了……

「這支小隊的話……沒問題！可以和SHINC正面對決！」

蓮所想的就只有這件事。這次能夠以最大人數參賽也算是如願以償了。

蓮一直認為，SJ1時她和M能夠只靠兩個人就贏得優勝純粹是運氣好。

要再次認真地跟SHINC戰鬥的話，就必須組成強力的小隊。就算結果依然落敗也必須這麼做。

既然要以這支小隊參加SJ4，目標當然就是贏得優勝。

如此一來，一定會在某時某地和SHINC對上。香蓮早就接到咲傳來當然會參賽的聯絡。

「太棒了。這次的SJ說不定是最令人期待的一次……等著吧，老大！」

M看著像小孩子般喧鬧，同時露出興奮、快活笑容並且啜著冰紅茶的蓮——

「…………」

只是一直保持著沉默，並且用手肘輕戳了一下坐在旁邊的Pitohui側腹。露出欲言又止，也想讓Pitohui開口說些什麼的表情。

「…………」

Pitohui卻只是無言地裝傻。

她沒有告訴蓮。

夏莉和克拉倫斯兩個人，只是為了免除預賽才會與他們組隊。Pitohui已經跟她們約好，ＳＪ４開始之後她們兩個人要擅自行動也沒關係。

「那麼，團結小隊的儀式已經結束，今天有什麼打算？要不要去虐殺有點可憐的怪物還是玩家？」

由Pitohui口中說出這種發言的話聽起來就不像是開玩笑。這裡是其他客人會經過附近的座位，真希望她不要光明正大地說出要去ＰＫ。

「不錯喔～幹掉他們吧～」

不可次郎危險的回答也很令人困擾。

順帶一提，不可次郎本人因為十六日的遊戲測試，已經把角色從主要遊玩的奇幻系ＶＲ遊戲「ALfheim Online」轉移到這裡，目前仍然在ＧＧＯ裡面。

先不管ＰＫ，蓮浮現來場久違的認真戰鬥，用小Ｐ也就是Ｐ９０瘋狂射擊的想法。把冰紅茶一口氣喝乾後，她嬌小的身軀就迅速站了起來。

「好，我們走吧！」

這個瞬間……

「嗨！小比類卷香蓮小姐！」

從正後方靠近的男人，突然就以本名向她搭話。

香蓮因為太過驚訝，差點就要被系統強制登出了。

突然被人搭話固然讓人吃驚，但是更誇張的是，對方突然間就叫出自己的本名。

在虛擬世界當中，不管是不是完全潛行都不能直接呼喚對方的本名。這不是只用沒禮貌就能解決的行為。可以說是絕對不能犯的禁忌。

「什！」

蓮以似乎能聽見破風聲的超高速度轉過身子。

同時不可次郎、Pitohui，甚至連M都露出驚訝的表情來看著向蓮搭話的角色。

站在那裡的是一名男性角色。

以一句話來形容外表的話就是「高大的帥哥」吧。

他的個子實在太高了，應該有2公尺左右吧？GGO是美國的遊戲，所以角色的平均身高都比較高，但這應該是最高等級了吧。男人甚至比M還要高。

和M不同的是他沒有隆起的肌肉。

宛如田徑選手般纖細緊實的身體，包裹在虛擬角色一開始穿著的初期裝備之一，草綠色的整套戰鬥服底下。

而臉龐則像是從畫裡——由於是CG虛擬角色，所以確實是畫——走出來的美男子。肌膚的顏色處於白人的白色與褐色之間。臉孔的外型也是介於歐美與中近東的人種之間。

不過還是無損其相當帥氣的事實。看起來就像外國電影裡的演員。臉上那雪白牙齒發光的笑容，不知道是搭話時刻意擠出來還是自然露出。

「哎呀我的天　真是難得一見的　超級帥哥哪。」

不可次郎就這樣呢喃出一句俳句。

「什……什什……你你你你你……你……你你你你……是誰……？」

由於蓮一邊發抖一邊說出這樣一句話，Pitohui立刻繃起臉來。那是很適合「搞砸了」這個形容詞的表情。

原本只要光明正大地率先裝傻說自己並非什麼香蓮就可以了，但現在已經太遲了。

「是我啦，西山田炎！在派對裡見過面了！」

男人開口說出了令人難以置信的發言。而且主動報出自己完整的本名。

「咦？不會吧……」

蓮又忍不住這麼回答，這時已經完全不可能裝傻了。

Pitohui為了防止有更多的對話被其他玩家聽見……

「好了，詳細內容到包廂去說吧？」

名為西山田的角色無法體會到她的深意，只是笑著回答：

「只要能跟香蓮小姐說話，什麼地方都無所謂喔。」

「那就這麼決定了。」

進入酒店的包廂之後……

「哦……還有這種房間啊。」

高腳帥哥就開始左右環視起周圍。

這是個以西部片為概念，眾人在此賭撲克，有人作弊被抓到後就拔出左輪手槍來互相射擊般的房間。

所有人坐到圓桌前面後，坐在蓮對面那個自稱西山田的男人……

「那我們繼續吧——哎呀，香蓮小姐，能夠再見到妳真是太高興了！」

隨即做出完全無視現場氣氛的發言。

「…………」

至於蓮，應該說香蓮她則因為受到太大的衝擊而保持沉默。像座雕像般僵在那裡。

這時是Pitohui代替她開口。

「嘿，這位小哥。我的名字叫Pitohui。」

「初次見面。我是——」

「剛才聽過名字了，除此之外我還知道一些關於小哥的事情喲。」

面對咧嘴笑著這麼說的Pitohui，西山田則是以很有興趣的表情……

「什麼事？」

「你是VR遊戲的超級菜鳥吧。昨天還是今天才剛開始的對吧？」

「是沒錯，但妳怎麼知道呢？」

對方似乎是真心這麼詢問，Pitohui只能聳聳肩。然後……

「那麼，小哥要找什麼人又有什麼事呢？」

「噢，對了對了，我要找這邊的香蓮小姐——」

「我是！蓮！」

因為是在包廂裡面，稍微從震驚當中恢復過來的蓮隨即以尖銳的聲音大聲回答。

其實很想從倉庫欄裡取出P90朝他的身體開幾槍，但這裡是無法這麼做的地點。蓮打從心底認為如果是在外面的戰場就好了。

「但還是香蓮小姐吧？」

「是蓮！不這麼叫的話我不會回答你！」

「這樣啊……因為是在遊戲當中，所以只能如此表演嗎……真是可憐……」

西山田表現出真心覺得對方很可憐的言行舉止。那不是在演戲也不是瞧不起人，而是真正覺得對方很值得同情的表情。

喂喂，你這傢伙跟我到戰場來。

蓮的臉上浮現青筋。

「等一下，高腳小哥。你似乎有很大的誤會，我就把話說在前面吧——」

到剛才都還露出開心笑容的不可次郎，這時以銳利的目光瞪著西山田並且向他搭話。

蓮期待不可次郎說出能夠收拾這種狀況，並讓他自我反省的嚴厲發言。

「其實我才是香蓮。」

蓮浮現早知道就不應該對她有所期待的想法。

但不可次郎的這句話，卻引發了西山田做出難以置信的發言。

「啊哈哈，不可能的。我確實調查過了。」

啥？

這時不只是蓮，連不可次郎、M以及Pitohui都大吃一驚。

怎麼調查的？

「怎麼調查的？」

不可次郎同步開口說出蓮內心的聲音。

「這我絕對不能說。我也有想要隱藏的手段。」

男人面不改色地逃避問題。然後……

「但是我知道香蓮小姐在玩這個遊戲，所以來這裡見她。因為想再次直接跟她談談。雖然是不知道能不能順利成功的方法，但真的成功了！我好高興喔。」

「找我做什麼？」

蓮以最為尖銳的態度這麼反問。

「真的可以說嗎？」

西山田感到意外般反問，讓蓮感到疑惑。

啥？你不就是來找我談事情，現在竟然問「真的可以說嗎？」，到底是何居心。那你來這裡做什麼？

於是蓮動了一下下顎並且回答：

「嗯。」

「就是希望能在結婚的前提下跟我交往這件事。」

果然是這個嗎！

蓮雖然早就預料到西山田的答案……

「唉～……偶……不管啦……」

但沒預料到不可次郎會發出這樣的聲音。然後也不知道她這麼說的理由。

「咦！等等！那是什麼意思！那邊的小哥！把詳細情形說給我聽吧！」

Pitohui很高興般追問了下去。

糟糕了啊啊啊啊！

蓮發現自己的失誤，但已經太遲了。

「嗚哇～！嗚嘎～！」

在用小小雙手抱住嬌小頭部的蓮面前，西山田像打開話匣子般滔滔不絕地說著。

自己是這樣的人，前陣子才在同業者的派對裡認識香蓮，打從內心愛上她不以外表評斷人的態度，於是決定要娶這樣的人為妻，雖然正式向香蓮的父親提出交往的申請，卻遭到拒絕。

然後思考了一整天還是無法放棄，於是以祕密的方法得知香蓮在玩ＧＧＯ，才會開始從未玩過的ＶＲ遊戲，像這樣來到這個地方。

順帶一提，在一開始玩的遊戲裡，角色的名稱是設定為「Fire」。就跟本名一模一樣。

「原來如此……我了解你的情況以及熱情了。只不過——」

聽對方的敘述告一段落後，Pitohui就以低沉的聲音這麼說……

哦？要幫我嚴厲地拒絕他嗎？要幫我因為違反禮貌與規則而痛罵他一頓嗎？

蓮的內心稍微萌生些許期待……

「這種程度的決心，我還不能把女兒交給你。」

結果決心在長出嫩葉前就枯死了。

什麼叫「還不能」！「還不能」是怎麼回事！還有我什麼時候變成Pito小姐的女兒了！然後是什麼樣的「程度」啦！

蓮保持無言狀態，以拳頭超高速敲打桌面發出「噠噠噠噠噠噠噠噠」的聲響。

西山田他，不對，是Fire他不在意這樣的蓮，依然把視線對準Pitohui。

「妳叫Pitohui對吧。香蓮小姐什麼時候變成妳的女兒了？」

「哎呀，這種事情不重要吧。」

怎麼會不重要！等等，是不重要。啊啊真是的……

蓮陷入混亂當中了。

原本就相當麻煩的狀況已經變得更加麻煩了，Pitohui再加進來攪和之後，感覺原本已經確定好的事情也變得紊亂了。蓮開始覺得還是立刻自己拒絕，讓事情就這樣結束比較好。

「那個……Fire先生？我——」

「對了！那就這樣吧！」

Pitohui以大音量遮蔽蓮的發言並從椅子上站起來，轉身做出演戲般的誇大手勢後，嚴厲地指著Fire這麼說。

「用手指著別人沒什麼禮貌喔。」

雖然不清楚到底是怎麼辦到，但是甚至做出跟蹤狂般行為來找出蓮的Fire，竟然做出極有常識的發言。

你沒資格說啦。

蓮在內心如此呢喃。

「我知道喲。現實世界不會這麼做。但這裡是虛擬世界。我呢，在這款遊戲裡故意扮成沒禮貌的女人。我一定得這麼演才行。這樣其實很辛苦喲，不過都是為了不破壞氣氛。」

絕對是騙人的。這個人只有在現實世界扮出清純美女的模樣。

蓮在內心如此呢喃。

Fire這時開口表示：

「算了。既然是在遊戲裡，一些無禮的行為就不追究了。」

你最無禮啦。無禮到了極點。絕對無法原諒。

蓮在內心如此呢喃。

「那妳想怎麼辦？」

Fire一問之下，Pitohui就重重坐下並做出回答。而且是用笑臉，很開心的樣子。

「這裡是GGO。是手拿著槍械，以子彈來溝通的遊戲裡面。當你知道蓮在這裡時，這些小事你應該已經調查過了吧？」

「嗯，那是當然了。順便得知了許多完全潛行型網路遊戲的事情。明明發生過造成數千人喪生的恐怖『Sword Art Online刀劍神域事件』，現在雖然是別的機械與遊戲，還是有許多人遊玩，當我知道這一點時真的嚇到了。真是個我無法理解的世界。」

這個名叫Fire的男人，似乎喜歡自己加上一些人家沒有問的事情。

「唔嗯。那麼，你甚至特別開了帳號來到這裡，不知道對這款遊戲有何看法？請老實地說出來吧。」

「這個嘛，我只覺得怎麼有如此野蠻的遊戲。竟然可以用如此真實的感覺遊玩用槍射擊、殺害他人之類的遊戲，老實說真有點恐怖。」

嗯，野蠻這一點我不否認。我一開始也是這麼認為的。

蓮在內心如此呢喃。

然後Fire就再次做出沒必要的發言。

「所以要是跟我交往，當然會阻止將來要當我妻子的香蓮小姐繼續玩這種遊戲，不對，應該說所有VR遊戲。真實體驗殺人的遊戲對於人格形成完全沒有必要。甚至會產生不良的影響。我覺得應該像Sword Art Online刀劍神域事件那樣制定嚴格的法律加以規範。」

喂喂，你這傢伙跟我到戰場來。

蓮差點脫口說出這句話。

到剛才為止都只是茫然這麼想著，但蓮的腦袋裡現在已經下定決心了。

我今後可以毫無節制地討厭這個人了。

託他的福，我可以無情地甩掉他了。啊啊，輕鬆多了。

「我的天啊！這真是強烈的意見！」

蓮一邊看著做出誇大驚訝動作的Pitohui，一邊以稍微冷靜下來的腦袋思考著。

Pito小姐是不是想藉由對話拖出他的內在來讓我看見呢。為了讓我能夠討厭他。

說到底她還是會在小隊成員陷入困境時伸出援手的人，蓮因此而重新評價了Pitohui這個人物。

「那你覺得這樣如何？在遊戲中的告白，就由遊戲來決定回答。你要是贏過蓮，蓮她一定就會喜歡你了。」

蓮收回了重新評價。

「啥啊啊啊啊啊啊？」

她終於忍不住發出了聲音。

「我完全沒辦法——」

在說完「喜歡這個人！」之前，Pitohui又插嘴表示：

「也就是說，蓮要求一決勝負。」

「我哪有要求——」

「一決勝負嗎，有意思。」

喂，等等，Fire。你不打算聽我說了嗎？

感到驚愕的蓮，甚至失去了插話的氣力。

重重坐在椅子上，變成一邊聽著Pitohui與Fire的對話一邊啜著冰紅茶，然後只在內心吐嘈著他們的存在。

「對吧？你別看蓮這樣，她其實是優秀的賭徒。強大到足以讓我認定她的實力。她會對強大的對手表示敬意，輸掉的話就會乖乖聽話。」

沒這回事喔。

「哦，也有很可愛的一面嘛。」

才沒有哩。

「所以我提出這樣的提案。下個星期三，我們會參加名為第四屆Squad Jam的小隊混戰大賽。」

對喔，剛才是在談這個。

「哦……有這樣的大賽啊。」

你不知道嗎！調查我的時候也順便調查清楚好嗎！

「所以Fire，你也準備一支隊伍來參賽！然後只要贏過我們『超級美女Pitohui與愉快的僕人們　～二〇二六年之夏～』，本人我就允許你跟蓮約會或者結婚一兩次吧！」

哪有這種名字的小隊。為什麼Pito小姐可以對我的約會發出許可。還有結婚哪能一兩次啊。

可以吐嘈的地方實在太多，蓮感到頭部一陣暈眩。

雖然不知道Pitohui的台詞有幾成是真話，不過這個人的話，應該是百分之百認真吧。嗚哇太過分了。

「真的嗎，香蓮小姐？」

先不管到了這個時候還是以本名稱呼自己這件事，看見Fire似乎是認真、嚴肅地在問這件事情，蓮也就老實地回答：

「你覺得……自己能贏嗎？不是我在自誇，這支小隊很強喔。」

「那麼我可以認為約定成立了吧？」

看著高大帥哥Fire的笑容，蓮心裡這麼想著。

我不會輸給這種傢伙。

然後想用刀子插進這傢伙的頭顱。只不過是在遊戲當中。

所以她才會這麼說。

「好喔。」

「下週三真令人期待。」

Pitohui對留下這句話後就準備離開包廂的Fire搭話：

「到上一屆為止的ＳＪ影像都有錄影轉播可以看，你先仔細看看比較好喲。至少也得看清楚蓮的活躍。」

Fire轉過頭來……

「不用了。老實說，雖然是在遊戲當中但我還是不想看到殺人的瞬間。而這才是正常人應

該有的正常感情。」

他極為理所當然般這麼說道。

「總之就是當天獲勝就可以了吧？那麼再見了。」

高大的背部就這樣邊揮手邊走出包廂……

「不用打探敵人的情報也無所謂嗎，你還真有自信耶——算了，隨你高興吧。」

Pitohui則是咧嘴笑著朝男人的背部這麼說道。

Fire威風凜凜地走出酒店的包廂後……

「真……真是不敢相信！那是怎麼回事！那到底是怎麼回事！」

蓮讓嬌小身軀裡的怒氣整個爆發出來。

她以驚人的速度將雙臂高舉上天空，然後吼了好幾聲。

「嗯，確實是個很奇特的人。」

不可次郎無聲地笑著，完全沒有隱藏享受著這種狀況的模樣開口這麼表示。然後……

「是很適合蓮的另一半吧？」

「哪！裡！適！合！話先說在前面，我不會輸給那種人！在ＳＪ４裡看見他的話，一定會盡快幹掉他！」

「哇喔！真～激～進～！在現實世界別說這種話喲。聽見的人會叫警察喲。」

不斷喝著虛擬啤酒的Pitohui，把啤酒完全喝盡後就以杯底敲上桌面……

「唔嗯，這樣才是我的小蓮！」

接著說出很有男子氣概的發言。

「等等，我才不是Pito小姐的哩！說起來還不是Pito小姐做出奇怪的提案，我才會忍不住反唇相譏！真是夠了！」

蓮大口啜著續杯的冰紅茶，並且自顧自地生著氣。雖然提案者是Pitohui，但忍不住答應下來的是蓮。人類真的會如此容易受到狀況所影響嗎？

「嗯，不過我完全不覺得小蓮會輸喲！」

Pitohui悠閒地這麼說完後，又對蓮眨了一下眼睛。

不可次郎也……

「他才剛開帳號開始玩遊戲吧？那一定很弱啦，蓮大概彈個額頭就能把他幹掉了吧？」

跟著做出自信滿滿的發言。

原本一直保持沉默的M這時候開口說：

「先說這是我的預測，因為他是個聰明的男人，很可能會發揮現實世界金錢的威力，僱用強大玩家來作為隊友。」

「這我當然知道。」

Pitohui立刻這麼回答。

ＧＧＯ是可以這麼做的遊戲。實際上Pitohui和Ｍ兩個人在ＳＪ２時就僱用了強大的玩家。也就是傭兵。

不論是Pitohui還是Ｍ，到了現在依然不透露那四個人的真正身分。他們到底是誰呢？

「砸大錢的話，能夠參加ＢｏＢ，平常連看都不看ＳＪ一眼的強大玩家就會聚集起來了吧。像這樣組成的小隊比我們強的時候——就算不是這樣，也要考慮到他比我們更加幸運的狀況。」

「Ｍ真是愛擔心耶。不過比賽的確是無法預料會發生何事的世界。我們一個不小心就輸掉的可能性也不是零。或者小蓮在那之前就很快被幹掉了。連一決勝負都辦不到的話，那打賭就算是輸了吧。」

「到時候該怎麼辦？」

Ｍ嚴肅的臉龐與冷靜的口氣，讓蓮的腦袋稍微冷靜了下來。

ＧＧＯ是在死亡判定上相當嚴格的遊戲。很有可能在ＳＪ裡因為倒楣的一擊而死亡。

應該說，如果比想像中還要快跟ＳＨＩＮＣ正面衝突的話呢？然後自己又因此而死亡呢？

那個時候，蓮參加ＳＪ的目的就算達成了，但香蓮就必須跟西山田約會了。

要和那個實在無法喜歡的男人約會！而且還是以結婚為前提！如此一來，爸爸應該也會接到通知！一個搞不好，ＧＧＯ的事情可能會被發現！然後可能被阻止繼續玩下去！

「啊啊，我的天啊……」

不安就像黑雲一樣慢慢地籠罩蓮的內心。

最後果然還是Pitohui的話阻止情形繼續惡化。

「有誰錄影了？」

「什……麼？」

「也就是說，取得剛才那場賭注的證據了？就我剛才所看，Fire沒有那種道具也不知道有那種機能，然後也沒有實際使用的形跡。」

ＧＧＯ裡面有攝影機道具可以從各個角度錄下玩遊戲中的自己。

大致上是想要回味自己在戰場上帥氣的戰鬥模樣，或者是狼狽的死法時所使用。幾乎沒有人會在城鎮裡使用。

「沒有。」

M搖著嚴肅的臉孔並這麼回答。

蓮與不可次郎也理解Pitohui想說什麼了。

「呵呵呵呵。越後Pitohui屋啊……妳也真是壞耶……」

不可次郎咧嘴露出相當邪惡的笑容。

「沒錯！我們就盡全力與ＳＨＩＮＣ為首的敵方小隊戰鬥，有餘力之後再對付Fire吧。以最殘忍的方式來幹掉他的任務就交給小蓮了。不過萬萬萬一小蓮死掉的話，那個時候——」

Pitohui旋轉著指尖，以極為理所當然的態度這麼說道。

「就全力裝傻吧！」

SECT.3

第三章　SJ4正式開始

於是八月二十六日就這樣來臨了。

第四屆Squad Jam。以英文來說就是The fourth Squad Jam。簡稱ＳＪ４。今天就是舉行比賽的日子。

至今為止都是選在週末開賽。難得這次是在星期三這樣的平日舉行。難道是有什麼理由嗎？這得詢問身為贊助者的作家才能知道了。

今天東京的天氣是晴天。在從太平洋往本州擠的活潑高壓籠罩下，應該會是殘暑相當嚴苛的一天。

然後這些都跟ＧＧＯ內部沒有任何關係。

就跟之前一樣，首都格洛肯內的某間大酒場正是主要會場。

然後也跟平常一樣，三十組賭上性命戰鬥的出場隊伍，以及邊喝酒邊觀賞轉播並且大放厥詞的玩家都聚集於此。

預測當遊戲結束時總共發射幾發子彈的賭局也——不跟平常一樣，這次並沒有這樣的賭局。

最早來的觀眾得知這次沒有彈數預測遊戲後……

「什麼嘛，這次沒有嗎？」

「因為每三十分鐘就會自動補充，所以覺得數量太大會難以預測吧？」

結果另一個男人……

「不……不是這樣。完全猜中的人，獎品是『同樣數量的彈藥』對吧？」

「是沒錯啊。」

「盡情開火的話子彈數會變成天文數字，應該是覺得萬一要是有人偶然猜中，一注500點的遊戲參加費用絕對無法打平吧。」

「噢，身為贊助者的那個臭作家真是小氣……」

大賽開始的時間是比平常早了一些的十二點。

由於十一點五十分就會開始傳送，在那之前出賽玩家不進入酒場的話就會變成遲到缺席。之後趕到也沒辦法參賽了。

十一點三十分。

酒場裡聚集了不少的觀眾，他們占據了主要入口的左右兩側，等待著「選手入場」。

「各位觀眾大家好！我是總是元氣十足的中隊『散切頭之友』，簡稱ZAT的實況玩家『賽因』！今天的早餐還是選擇了菠蘿麵包！還是裡面加了奶油的那種！」

隨著輕佻實況一起走進來的是身體上到處是小型攝影機，從各個角度拍攝戰鬥，編輯之後上傳到網路上的他。名字叫作賽因。

他在ＳＪ２時整支小隊被ＭＭＴＭ幹掉，ＳＪ３時則是對ＳＨＩＮＣ的玩家說出幾乎是性騷擾的發言，結果被子彈打成蜂窩。

這次也同樣登場，似乎準備再度實況轉播到死亡為止，不過現在從酒場就開始轉播了。

「喔喔！來了！」

「再展現美麗的瀕死模樣給我們看吧！」

由於比官方拍攝的影像還有趣，所以他相當有人氣，於是極開心的觀眾也像是比賽已經開始般炒熱現場的氣氛。

小隊成員的班哲明、卡薩、柯尼希、弗勒斯以及山田也依序入場。和樂在其中的賽因不同，他們看起來有些難為情。

最後只有賽因停留在入口。

「那麼！接下來入場的是哪支知名小隊的哪個傢伙呢？」

然後直接開始轉播。接著入場的是ＺＥＭＡＬ的男人們。

「哎呀！是連射笨蛋的男人們，全日本機關槍愛好者啊啊！」

從ＳＪ１到ＳＪ３變強最多的小隊就是他們了。毫不在意子彈費用的強大火力與愚蠢的死狀相當有看頭，所以極受歡迎。

酒場內的男人們鬧哄哄喊著「喲，等好久了！」、「哇哈！」、「幹掉他們！」之後……

「咦……？」

一瞬間安靜了下來。

也難怪他們會這樣。ZEMAL的五個男人，正以強壯的身軀扛著某樣東西。那是以木棒及木板所做成的神轎。他們扛著日本舉時祭典時那樣的神轎。

「What？Festival？」

賽因不知道為什麼以英文這麼說道。

而小小神轎的椅子上所坐的是一名女性玩家。嘴角浮現古樸的微笑，頭上戴著針織帽的年輕美女。

沒錯，就是在戰場上被ZEMAL當成女神，武器是RPD輕機槍的女性。但是酒場內的觀眾當然不知道這件事。

「諸位，迅速把道路和槍機清空。」

「頭太高了，機關槍的女神要出巡了。」

前頭的兩個人，綁著頭巾的TomTom與黑人虛擬角色的麥克斯莊嚴地這麼說道，包含賽因在內的酒場觀眾就自然地往後退去。有種不能違抗他的感覺。

那是一種神聖的光景——

或許應該說是不太想跟他們扯上關係的光景。

ZEMAL與神轎上的女性就在靜下來的酒場中往包廂移動。然後消失在裡面。

「呃~嗯……剛才那到底是怎麼回事?」

沒有任何人可以回答忘記實況轉播而如此呢喃的賽因。

「咦?綁架?他們終於變成犯下綁架案的傢伙了嗎?」

「但是那個女的……臉上帶著笑容耶。」

「一定是被騙了!絕對是這樣!」

「現……現在馬上報警比較好吧?」

「等等,你看……會不會只有女性是CG?」

「我們大家都是吧。」

酒場內產生一陣騷動,雖然眾人出現了各種講法,但最後還是沒有結論。

「呃~咳咳!那麼我們重新回到現場!優勝候補之一!娘子軍集團入場了!」

賽因的聲音讓眾人再次把注意力移向入口。

走進來的是SHINC。

在辮子頭母猩猩老大的率領下，後面跟著黑髮狙擊手冬馬、女矮人蘇菲、矮壯的大嬸羅莎、金髮太陽眼鏡美女安娜、銀髮狐狸臉的攻擊手塔妮亞。

身體包裹在鮮豔綠色迷彩服底下的六名恐怖女性緩緩地走過來。

賽因放聲大叫。

「哇～！是上一屆不讓我摸胸部的那些人喲！」

「我要投訴你性騷擾喔。」

在戴太陽眼鏡的安娜一瞪之下……

「對不起！」

賽因就以立正的姿勢這麼回答。然後……

「我不會再說了，不過可不可以再射死我呢！」

「我要投訴你性騷擾。」

「Why？」

SHINC的女孩們至此不再跟賽因抬槓，就這樣一邊瞪著四周圍消失在包廂當中。因為也要舉行作戰會議，所以待在寬敞的地方會很麻煩。

過了十一點四十分後，出場的小隊接二連三來到會場……

「哎呀，是所有人全拿光學槍的『Raygun Boys』，簡稱RGB！光學槍究竟能不能恢復霸權呢？他們後面是包含在SJ3裡歸入背叛者小隊的飛毛腿柯爾在內的『TOMS』！光靠敏捷度究竟能撐到什麼地步呢？再來是軍人角色扮演集團『New soldiers』過來了！還是一樣全身都是相當講究的裝備！」

賽因的實況也越來越火熱。

這段期間，沒有戴任何防具而是素顏的T－S也一起來到會場，但沒有人認出來。沒有一個人認出他們的身分。

「那麼接下來──」

賽因的實況倏然中斷。

因為有一個明顯很詭異的集團走了進來。

一群男人並肩走入會場內。而且全部蒙面且戴太陽眼鏡。

只是蒙面的話，SJ2時Pitohui與M的輔助成員也是如此，所以已經不是第一次出現這種打扮。只不過這次……

「嗯，有幾個人啊……」

人數完全不同。

「1234、five seven、acht neun、十、十一……」

以不可思議的數法確認人數的賽因，最後算出是十八人。

不斷入內的十八個男人，全都是蒙面打扮。以綠色單薄素材的布料覆蓋臉部，眼部則都戴著單片鏡片的太陽眼鏡。

順帶一提，GGO裡的太陽眼睛單純是變更外表，也就是說只能耍帥用。不論戴不戴都能自由選擇觀看這個世界時的亮度，也可以自動調整明暗。就像是平板電腦與智慧型手機的螢幕那樣。

蒙面也不會造成呼吸困難。可以像沒有穿戴任何東西一樣呼吸，也能把槍托貼在臉頰上。

這十八人的服裝在每六個人穿一種的情況下整齊地分成三種。這表示那應該是小隊的制服吧。

以ABC來區分這三支小隊的話——

A小隊是真正的迷彩服。散布著茶色、綠色、黑色與粉紅色細點，是迷彩效果看起來相當高的服裝。由於是現實世界不存在的迷彩，應該是以GGO的自製服裝所創作出來的原創保護色。

B小隊是符合GGO設定的未來裝備。穿的是緊貼在身體上的深藍色長褲以及加裝深茶色護具的夾克。看起來活動性十足。外表看上去就像是簡單裝備的宇宙士兵。

然後C小隊竟然穿著運動服。就是常見的那種運動時穿的服裝。那是一套深藍色的運動服，側邊有三條白線。

「咦？那是業餘棒球隊的制服嗎？」

賽恩雖然開口這麼表示，不過沒有人會蒙面並且戴著太陽眼鏡打棒球。三支小隊就屬C小隊最引人注意。

集團就在保持沉默的情況下絡繹不絕地走進酒場裡，並且排著隊消失在包廂當中。

由於包廂原本就不大，十八個人一起進去的話似乎會很擠，不過這裡是遊戲世界。因為是房間會隨著入內人數擴展的系統，所以沒有任何問題。真的相當方便。

運動服打扮的男人當中有一個人的個子特別高，酒場內的觀眾當然沒有人知道他的身分。

酒場內的男人們開始竊竊私語。

「那些傢伙是怎麼回事……一起進來就表示應該是SJ的參賽者……」

「應該三支小隊是同伴吧。」

「毫不隱瞞打從一開始就結盟這件事，真的相當詭異耶。」

SJ3時確實發生過用信號彈來結盟的作戰，但是那在比賽開始前都沒有人揭破。不清楚他們明示「我們三支小隊是好兄弟」的威脅行為究竟是為了什麼。

而對在他們後面入內的MMTM來說，那也是很奇特的景象。

MMTM裡肌肉最發達的男人．薩門開口這麼說：

「勾結嗎？珍勾拐（古怪）。」

「那是雙關語嗎？」

黑髮的健太一問之下，薩門就輕輕搖頭。

隊長大衛則是……

「是敵人就全部打倒……但是，要特別記住那群傢伙。必須加強警戒。」

跟平常一樣以嚴肅的表情這麼表示。

酒場螢幕的時鐘宣告已經來到十一點四十八分。

雖然再兩分鐘就要傳送到待機區域了，酒場還是再次開始產生騷動。

「還沒耶？」

「是還沒……」

賽因也同樣……

「拿下兩屆優勝的猛者還未到場！明明以種子隊的資格參賽了，到底是怎麼回事呢？難道說、難道說，要因為遲到而不戰落敗嗎？」

以帶著熱氣的實況，煽動著周圍的不安。

沒錯，ＳＪ１優勝、ＳＪ２準優勝、ＳＪ３以背叛者小隊身分獲得優勝，戰鬥經歷比任何人都要輝煌的粉紅色小不點——蓮還沒有來。

然後完成登錄的LPFM的隊友也都沒出現。

時鐘來到四十九分……

「距離傳送只剩下一分鐘！各位！已經準備好了嗎？小隊成員都到齊了嗎？」

傳出了女性播報員的聲音。

平常的話，這時酒場的氣氛就會整個炒熱起來，但這次則是騷動變得更加嚴重了。

SJ2時蓮和不可次郎是在比賽開始前兩分鐘才急忙趕到。現在已經更新紀錄了。

「喂喂……真的假的……」

「不會吧，真的要因為這種無聊的原因落敗……？」

入口隨即出現晃動的人影。

「喔喔！喂——不是嗎……」

到了四十九分三十秒的瞬間，出現在那裡的是身穿畫有樹木圖樣的迷彩夾克，以及上下身全黑戰鬥服的兩個人——夏莉與克拉倫斯。她們完全沒有露出驚慌的模樣，簡直就像在表示

「還有三十秒」一般走入酒場。

夏莉跟平常一樣面無表情，克拉倫斯則是依然帶著詭異的微笑。

「哎呀！是上一屆展現了恐怖開花彈狙擊的綠髮大姊和享受背叛後和她單挑的帥大哥！這

次是兩個人組隊嗎？是這樣嗎？因為看不見預賽所以不得而知，難道說只靠兩個人就突破預賽了嗎？如果是的話就太強！太厲害了！」

當認為克拉倫斯是男性的賽因還在進行實況轉播時，時間來到了十一點四十九分五十秒。

還有十秒、九秒、八秒、七秒。

「小蓮沒有來啊啊啊啊！」

六秒、五秒、四秒。

「騙人的吧……」

三秒、兩秒、一秒。

「啊啊……」

到了十一點五十分，剛入店的夏莉與克拉倫斯，以及包含夏因在內待在酒場各處的出場玩家就突然變成光粒消失了。

觀眾們雖然看不見，不過SHINC、MMTM、ZEMAL以及謎樣的三支小隊等待在包廂的人們也一樣消失了吧。

「怎麼這樣……我的小蓮竟然……」

「說過好幾次了，人家不是你的。」

蓮他們沒有來。

＊　＊　＊

蓮正在待機區域裡。

空無一物的微暗空間裡，飄浮在高處的是「待機時間　09：59」的倒數數字。現在變成58了。

這裡就是準備裝備並且舉行作戰會議，然後利用通常會剩下的時間休息一下後才前往ＳＪ的「休息室」。

蓮的身邊……

「好耶！我們上吧！」

可以看到不可次郎的身影。

「痛宰他們吧！」

然後是Pitohui。

「上吧。」

最後是Ｍ。他們各自穿著自己的戰鬥服，裝備則還沒有上身。目前是空手狀態。

他們四個人的旁邊是……

「來了喲！今天請多多指教～！」

享受暨ＳＪ２之後再次見面的克拉倫斯以及……

「………」

只以僵硬的臉孔輕點一下頭，從頭到尾都默默無言的夏莉。

這次這六個人就是ＬＰＦＭ小隊。

蓮對她們兩個人……

「請多多……指教。」

輕輕低下頭並這麼說道。

曾經在ＳＪ２裡說過話的克拉倫斯也就算了，由於不知道該跟被自己幹掉的夏莉說些什麼，也不知道該如何成為伙伴，所以只能擺出曖昧的態度。

不知道是不是顧及蓮這樣的心境……

「蓮！好久不見！我看到妳之後的活躍了！能夠再見到妳真是太高興了！」

克拉倫斯興奮地向蓮搭話。然後……

「酒場裡大家都在為『粉紅色小不點沒來』而嘆息，但妳明明就在啊！妳剛才人在哪？」

蓮開口回答了問題。

「最深處的包廂。我們一個多小時以前就來了……」

「好早喔！為什麼？」

「嗚……」

蓮煩惱著該如何回答對方。

由於害怕總是會遲到的不可次郎再次搞砸，所以這次大幅提早了集合時間。為了就算遲到五十分鐘也沒關係，於是訂十點三十分為登入GGO並且集合的時間，但不可次郎這傢伙只有在這種時候才會準時赴約。

結果蓮他們四個人就在沒有任何觀眾的十點四十分時進入酒場，然後在包廂裡盡情地閒聊。

「好啦，先別管這個了。稍微開個作戰會議吧？各位豎起耳朵好好地聽著啊！」

Pitohui也以輕鬆的口氣這麼表示。

明明在酒場裡待了一個多小時，四個人卻完全沒有進行作戰會議，至於談論的話題嘛，全是像西山田的壞話、艾莎演唱會的內幕、艾莎貼在吉他上那張貓咪貼紙之謎、不可次郎的下任男友候選人、給社會帶來激盪的Bottom-up型人工智慧事件等等。由於M幾乎全程保持沉默，因此只能算是女孩子的聊天時間。

Pitohui以手掌介紹克拉倫斯與夏莉……

「這次雖然有這兩個人參加——」

嗯嗯。提升了小隊的平衡度真是太棒了。

蓮這麼想著。

「但訂立作戰計畫的參謀還是由M來擔任……」

沒有異議。Pito小姐擔任參謀的話有點恐怖。

蓮這麼想著。

「然後以衛星掃描來顯示位置的代表者，也就是『隊長』，就跟之前一樣由充分盡到誘餌責任的小蓮來負責……」

唉，這也沒辦法啦。應該又得在槍林彈雨中到處奔跑了。不過這次還有兩名輔助角色在，應該可以輕鬆一些吧？然後最後再跟SHINC正面對決。

蓮這麼想著。這時她的內心已經因為跟老大她們的全力對戰而興奮不已。經過壯烈的戰鬥之後，不論哪一邊獲勝都沒關係，蓮終於作起與對方一決雌雄的夢來了。

「夏莉與克拉倫斯，妳們兩個人就隨自己高興去戰鬥吧！等比賽一開始，甚至可以把我們當成敵人喲。」

「咦？啥？這是什麼意思？」

蓮開口這麼表示。

「喂喂Pito小姐，這兩個人不是會為了我們抵擋攻擊而死的忠臣嗎？」

不可次郎也驚訝地這麼問道，不過她任性的設定也太過分了吧？

「怎麼，小不點們沒聽說嗎？我們是為了免除預賽才會跟你們組隊。等比賽一開始，馬上就是敵人了。然後我只要一有空檔就會攻擊Pitohui。她就是開出這樣的條件，我們才會答應。可別誤會我們啊。」

原本保持沉默的夏莉，雖然依舊是一張撲克臉，不過有些高興般這麼說道……

「就是這樣！這次換我打倒妳了！蓮！」

克拉倫斯甚至笑著眨了眨眼睛。

「咦～！這樣實在有點……」

陷入茫然狀態的蓮身邊……

「那就沒辦法了。讓妳們成為我槍榴彈下的亡魂吧！」

不可次郎很開心地戳著克拉倫斯的側腹部。

「嗚喲，要打嗎小不點！」

克拉倫斯也反戳對方的側腹。

打鬧起來的兩個人旁邊——

也就是說最後還是得四個人戰鬥嗎……真是個短暫的夢啊……

蓮仰望著微暗的天空。

「好了，上裝備吧。」

由於剩下五分鐘，M就開口這麼表示。

眾人各自揮動左手，叫出只有自己能看見的視窗，然後輕按下「一併裝備」鍵。

結果就開始變身畫面。如果是魔法少女動畫，就要開始被稱為「兼用卡畫面」，也就是每一集都不斷重複使用的影像了。不過角色不會飛躍、旋轉或者變成裸體就是了。

蓮嬌小的身體上出現寶石般的「對光彈防護罩」，正確來說是其產生器，粉紅色彈匣包則掛在左右兩側。

P90的彈匣就構造來說顯得特別長，所以掛在腰部兩側的腰包也很長，看起來簡直就像迷你裙一樣，而蓮很喜歡這一點。

背上則掛著被稱為小刀刀的黑色戰鬥小刀。最後是小P，亦即粉紅色P90實體化飄浮在眼前……

「要再次拜託了！」

蓮緊緊抓住它後就把它緊抱在胸前。

不可次郎的變身也跟平常一樣。

身體上穿著加了防彈板的背心。然後背心上有能放置槍榴彈的袋子。

背上揹著為了能不斷射擊，然後能夠立刻取出彈藥的背包。頭上戴著略大的鋼盔。右腿上則是開槍也射不中目標的史密斯&威森公司製「M&P」9毫米口徑自動手槍。

最後用雙手抓住的是兩把MGL－140，6連發式槍榴彈發射器。也累積不少GGO經歷的不可次郎，似乎完全沒有打算變更這把武器。

順帶一提，在SJ2裡發揮暴猛威力的電漿手榴彈，這次也在M的資金援助下，準備了比上一屆更多的12發。只不過，為了不弄錯使用時機，目前沒有裝填進去。

M也同樣不打算替換愛槍M14・EBR的樣子。外表像太空船的槍械，正握在他粗大的手裡。背上的背包收納著發揮很大功效的盾牌。右腿上則是「HK45」手槍。

Pitohui全身上下都是武器。

主要武裝的突擊步槍「KTR－09」裝備了75連發彈鼓。兩腿的槍套裡收納了「XDM」40口徑手槍。左腰上加掛了強力武裝「M870・Breacher」短槍身散彈槍。

另外雖然從外表看不出來，但如果跟SJ3時一樣的話，那背上的包包裡應該收納著三把光劍才對。然後兩腳外側則是兩把靴刀。

頭上的頭盔已經實體化並且著裝，所以長馬尾先是解開，然後才再度綁起。

克拉倫斯的黑色戰鬥服上安裝了幾個直向長袋，可以收納跟蓮一樣的彈匣，右腿上的槍套裡放了使用同種子彈的手槍「Five-seveN」。

她的槍械是AR－57。這時已經連同肩帶一起實體化，於是克拉倫斯就把頭鑽了過去。

夏莉幾乎沒有什麼變身，只有腰帶上掛了一把劍鉈，以及愛槍R93戰術2型狙擊步槍在眼前實體化而已。這個人會按照地點拿出高迷彩效果的斗篷，所以現在這樣的打扮就可以了。

最後所有人都拿到配給的道具。也就是顯示位置的衛星掃描接收器與三根急救治療套件。眾人隨即把它們收到容易取出的地方。

不到一分鐘的時間所有人就換裝完畢，不可次郎就看著夏莉與蓮並開口表示：

「咦？二位的手槍呢？這一屆是必需品喲。」

結果得到兩種不同的答案。

夏莉回答：

「倉庫欄裡。因為會阻礙移動與伏擊。要用的時候會拿出來。」

「原來是這樣啊。看來我是白擔心了。」

而蓮則是表示：

「我不需要。反正開槍也打不中。我寧願快速移動以小刀來戰鬥。」

「原來是這樣啊。真令人擔心！」

不可次郎她……

「這樣不行吧，不是寫了遠足要帶手槍嗎？妳看我打從一開始就裝備好了喲。」

不管自己手槍的射擊技術有多糟，還是開口這麼說。

這時候Pitohui來到旁邊。

「我就想一定會這樣！小蓮，真的想了解槍械的話就來問我啊！」

接著就揮動左手叫出視窗。大動作揮舞左手後，視窗就來到蓮眼前，上面寫著「是否接受此道具？　Y．N」的文字。

「咦？」

「我先買了小蓮應該能使用的中型手槍。把它放進倉庫欄吧。等到了緊要關頭就實體化拿來用吧。」

「但是……」

「拿去吧拿去吧。手槍是最後的武器了。」

在不可次郎敲邊鼓以及覺得拒絕對方好意實在不好意思的情況下，蓮按下了Y鍵。

視窗消失之後應該會有某樣物品放入自己的倉庫欄。雖然不清楚究竟會不會用，但是蓮沒有特別去檢查，Pitohui也沒有多說些什麼。

鏗鏘！

眾人各自把自身槍械上膛的金屬聲響徹整個待機區域。

之前一直是異形文鎮的金屬加塑膠製塊狀物，從這個瞬間開始就變成因為加諸於食指的意志而吼叫的「武器」。

蓮的P90也長出獠牙。安全卡榫一開始就已經解開。

最後像這種時刻一定會想做些什麼的Pitohui，就要除了克拉倫斯與夏莉之外的成員圍成圓陣。

臉湊在一起之後，Pitohui就揚聲叫道：

「好了各位！要全力戰鬥嘍！」

喔！

其他三個人都很溫柔，所以都配合了她的行動。

夏莉依然保持沉默，克拉倫斯應該會變成敵人……

「喔！」

卻在四個人旁邊很開心般高舉起拳頭。

「這次的目標只有一個！優勝！還是優勝！不行的話依然是優勝！」

「Pito小姐，三個全部一樣嘛！」

只有不可次郎一個人配合她的耍寶。

「虛擬世界的話，無論做什麼都是自由的！把瞄準鏡下的臉當成可憎傢伙的笑臉吧！要在這裡一掃平日的鬱悶！」

喔！

「喔！」

三個人和克拉倫斯如此回答。

這時似乎沒有任何人注意到夏莉也同時悄悄地握緊了拳頭。

而那個「可憎的傢伙」又繼續說道：

「只不過，千萬別大意！一直到最後都不能放鬆！這次好像也有特別規則，而且贊助者還是那個狗屁作家！一定是很惡劣的內容！別輸給他了！」

喔！

「我們上吧！」

喔！

然後空中倒數的時間歸零——

第四屆Squad Jam就這樣開始了。

＊　＊　＊

蓮睜開眼睛後，發現是在森林裡面。

說是森林，其實並不是太茂密。

樹木並不太高，大約10公尺左右。間隔也相當零落。腳下沒有雜草，土壤也相當乾燥，看來是全部枯死了。

植被雖然是屬於美利堅合眾國，氣氛卻像日本某處的雜木林。季節則應該是冬天。

「警戒周圍。」

回應M的聲音迅速沉下腰部的蓮，將視線移動到所有能看到的範圍上。

這裡看來相當平坦，沒有什麼特別顯眼的地形。至於樹木後方能看見什麼，老實說因為跟樹幹重疊在一起而看不太清楚。似乎沒有什麼特別明顯或者是巨大的物體。

往上一看之下，深綠色樹葉後方是GGO的特徵，亦即明明是晴天看起來卻像是夕陽的泛紅天空。

能見的範圍內沒有任何雲朵。這次的Squad Jam似乎出現難得的好天氣了。

由於時間與現實世界同步，正南方的低處可以看見太陽。低角度射入的光芒，將樹幹與枝葉照出複雜的影子。

由於遊戲開始時方圓1公里內都不會有敵方小隊，在這個視野不佳的地點，應該不用特別警戒超長距離的狙擊才對吧。

M似乎有同樣的想法……

「好，來看地圖。集合。」

可以聽見他發出這樣的聲音。

由於人就在近處，所以可以直接聽見他的聲音，不過就算距離遙遠，也隨時可以藉由小隊間連線的通訊道具來進行對話。

蓮一站起來，就把視線移向伙伴。這個時候，也沒有忘記迅速把P90的槍口朝向地面，絕對不會把它對準伙伴。

和不可次郎、Pitohui以及M集合時……

「那麼，我們就自己行動了。下一次見面的時候，就會有一邊是屍體。通訊道具我們一概不回應。」

夏莉開口這麼說道。

蓮朝她看去時，發現她和身邊的克拉倫斯都已經換上適合森林的綠色迷彩斗篷。行動真是迅速。

「哎呀哎呀，就看個地圖再走嘛。不會因為這樣就造成劣勢吧。」

Pitohui以「喝杯茶再走嘛」的輕鬆口氣叫住兩個人……

「……那好吧。」

夏莉也老實地回應了她。

ＳＪ剛開始時最重要的是了解「這次的戰場是什麼樣的地方」以及「自己在哪裡」。接著是仔細地確定「要如何前進。或者是進行伏擊」。

到最初的衛星掃描開始的十分鐘，可以說就是讓參賽者決定這些作戰方針的時間。

即使是想打倒Pitohui而準備自己行動的夏莉，也選擇冷靜地跟可憎的對手一起擬定作戰計畫。

M從機器叫出地圖來投射在大家眼前的腳下。

ＳＪ一向是一邊10公里的正方形特別戰場。這是與個人大混戰「Bullet of Bullets」，簡稱「ＢｏＢ」相同的規格。

這１００平方公里的寬度，以現實世界來說算相當遼闊。

舉個具體的例子，呈圓形環繞首都圈的山手線，其內側圈內大約是63平方公里。所以戰場甚至比它還要大。

但是對於不會感到疲勞的虛擬角色而言，在裡頭移動絕對算不上太寬廣。

每個角色都能以媲美馬拉松選手的速度奔跑，像蓮這樣重視敏捷性的話，速度就跟短跑選手差不多了。

戰場上到處都散落著能用來移動的交通工具，至今為止的每一屆ＳＪ，能夠活用這些交通工具的小隊都能拿到前幾名的成績。即使利用的是腳踏車也一樣。

然後以最長的步槍可以給予１８００公尺左右，普通的突擊步槍也能給予４００到６００公尺外的目標打擊來看，１００平方公尺的寬度讓三十支小隊進行大混戰應該是剛剛好才對。

「那麼，這次的殺戮戰場是……」

Pitohui開心地以國民動畫進行下集預告般的輕鬆口氣這麼說。

ＳＪ１是平坦的大地。ＳＪ２是被城牆包圍且有高低起伏的地形，ＳＪ３是小島，而且是會隨著時間經過下沉的島。

那麼ＳＪ４是——

M操作機器後，在靠近地面處出現的立體影像顯示出一片平坦的大地。和ＳＪ１的地形有點相似。

由於畫有一邊10公里的正方形線條，該處應該有某種防護罩，讓人無法繼續往前進才對。

地圖上最顯眼的怎麼說都是道路。從寬度來看，應該是有好幾線道的高速公路吧。

THE 4th SQUAD JAM FIELD MAP

第4屆Squad Jam
戰場地圖

AREA 1：機場
AREA 2：城市、商場
AREA 3：濕原地帶、河川
AREA 4：森林
AREA 5：廢墟
AREA 6：湖
AREA 7：隕石坑
AREA 8：高速公路

筆直的高速公路以「十」字形貫穿整個地圖。

也就是說，漂亮地把面積分成四等分。

均分的模樣讓人想到漢字的「田」字。也可以說分成四個區塊吧。地圖中央有讓人聯想到四葉草的交叉點與交流道。

「這真是好懂。很容易就能記住了。」

不可次郎這麼表示。

蓮也覺得很像老家的帶廣或者是札幌。

北海道算是日本裡城市尚未建設之前就已經完成道路的例外。所以道路相當筆直，交叉點也都是直角，很容易就能看懂。

由於遊戲中提出現實世界地名是掃興的行為，也會讓夏莉與克拉倫斯知道自己的老家在哪裡，所以蓮沒有開口說出來。

「好，那就分成四個部分從東北開始看起吧？這是什麼呢？」

Pitohui修長手指所指的是地圖的右上方。由於地圖的上方是北邊已經是準則，所以這裡就是東北區塊。

不論是誰都可以一目了然。數條筆直的線在寬廣處呈垂直與水平相交，通常只有一種場所才會出現這種形狀。

「這是機場。而且是很大的機場。」

蓮很熟悉的是老家的帶廣機場還有羽田機場。羽田機場也是有四條跑道的大機場，而地圖上所見的這座機場，甚至比它更寬敞與雄偉。

M表示：

「有四條400公尺級的跑道。是相當寬廣且平坦的區域。悠閒地走在那裡的話，一下就會遭到狙擊。必須特別注意。」

而Pitohui則是說：

「跑道之間的四角形物體是航廈吧。管制塔也是在這裡才對。能夠占據的話會相當有利。可以盡情狙擊周圍的敵人。」

蓮他們也點頭表達同意，然後只有一個人，也就是夏莉在內心發出奸笑。她想著「這裡很有用」。

不可次郎像是看出這名狙擊手的內心般開口表示：

「但是，我們的所在地不是在這裡喲。夏莉老闆。」

「嗚——」

克拉倫斯指著該處下方的東南區塊並且說：

「是這個光點吧。」

地圖右下方最外側有一個白色光點。

遊戲開始之後，沒有掃描就在發光的點就是自己的所在地。

擁有參賽權的強力種子隊，會分散在地圖四個角落的潛規則這次依然存在。雖然規則簿上面依然寫著「小隊完全是隨機配置」，但根本沒有人相信。

因此可以預見在遇到ＳＨＩＮＣ之前的路途會相當辛苦，但是蓮已經有所覺悟了。

只要打倒所有阻擋在眼前的敵人就行了。

東南區塊的特徵是被整齊地分成三種類型。

蓮他們所在的最外側是森林。右下方的三分之一左右的三角形塗滿了深綠色。

接著往西北方前進一陣子後，斜面似乎有河川流過，可以看見幾條淺藍色的線。其周圍則是較淡的綠色。

「這是濕原地帶。真討厭。」

克拉倫斯這麼表示。

河川周圍形成濕原地帶是ＧＧＯ經常會出現的戰場，那是腳會直接陷到小腿左右的柔軟地區。但最令人厭惡的就是它絕對不是不能行走的地點。如果直接是完全無法行走的區域，就可以不用過去了。

河川和濕原地帶呈45度角傾斜，占據了區塊的中央部分。

「這樣我們……一定得渡河才行嗎……？」

蓮提出了疑問。

想要離開現在所待的森林，無論如何都得通過這個地方。個子矮小的蓮要經過河川和濕原地帶會很辛苦，當然不可次郎大概也是一樣。

M操作機器畫面，擴大了地圖的濕原地帶部分。

結果……

「太棒了！是橋！」

有可以渡河的橋。從其寬度來看，應該是雙線的道路。蓮這才放下心來。

但是——

「只有三條嗎！還全是筆直的！」

正如不可次郎以憤怒口氣所說的，全長7公里左右的河川上僅僅只有三條橋。

位置是在北側、中央以及南側。各自距離1公里以上。

然後因為是橋，所以說起來呈筆直狀本來就是理所當然的事。

走在這種地方的話會完全暴露在周圍的目光底下，屆時將完全被能夠長距離射擊的槍械視為狙擊目標。

以數量來看，應該還有其他小隊在這座森林裡吧，有可能先為了爭奪橋而發生戰鬥。然後前方也可能會有伏擊的敵人。

看是要拚死渡過濕原地帶或河川，或是走容易成為目標的橋。

不論如何，目前的所在地——

以起始地點來說應該是最糟糕的吧。

「這絕對是故意的！是那個贊助者作家故意霸凌優勝候補的壞心眼！」

不可次郎這時已經氣到臉紅脖子粗……

「打倒所有人獲得優勝後，就去幹掉贊助者吧？」

而且還說出這種恐怖的發言。

「嗯，這之後再說吧。」

Pitohui看著戴在左手腕上的手錶並且這麼說。已經經過三分鐘左右了。

渡過河川後，前方東南區塊的最後一個部分是城市。

從道路形成的方格突然變小，同時排了滿滿的小建築物來看，這裡應該是住宅區。

然後地圖接近中央的部分，有一個長方形的四角各自連著八角形的異形超巨大建築物。以大小來說，應該是比機場的航廈還要大吧。

M將其擴大，觀看形狀後做出了預測。

「這應該是購物商場吧。中央是主建物，四角是附屬的百貨公司。周圍的寬敞空間是停車場。而且可以從高速公路直接過去。」

原來如此。

蓮以及其他人都這麼想著。

香蓮所居住的北海道，有許多以某超市為主的巨大購物商場，香蓮也到過那裡好幾次，不過這座地圖上顯示的設施，甚至比它還大上許多。包含停車場在內的用地，總共應該有2公里左右吧。

北海道已經是規格相當大的土地，美國應該是更上一層樓吧。蓮對眼前的景象做出這樣的結論。

「唔嗯……」

Pitohui雖然露出嚴肅的表情，但只是裝一下而已。

購物商場與機場之間可以看見幾條小小的鐵軌。看來是有鐵路連結著機場與購物中心。

「在路上行駛嗎，是tram（輕軌）吧。」

M這麼說道……

「我知道。就是敲打後會發出聲音的那個。」

不可次郎接著這麼說。蓮無視她的發言……

「什麼是tram？」

「『ＬＲＴ』，也稱作『Light Rail Transit』。簡單來說就是最新型的路面電車。有車輛的話，說不定能夠發動。看到的話就告訴我吧。」

「我當然知道喲，敲打車廂的話就會發出很棒的聲音。」

「喔喔，原來如此。」

「真的假的？」

「喂喂，你們……總是進行這種毫無緊張感的對話嗎？」

夏莉一臉認真地這麼問道。

「咦？嗯，抱歉。」

蓮不知道為什麼就反射性向對方道歉。夏莉嘆了一口氣後……

「算了。反正就算說些蠢話，大個子跟Pitohui其中一個還是一定會注意四周圍。真是名不虛傳。」

「是啊！我們可是優勝過好幾次的隊伍喲。」

不可次郎嬌小的身軀挺起胸膛來，不過夏莉無視她的反應。

M先將地圖恢復成原來的大小……

「左下，也就是西南區塊——」

然後換成擴大該區塊。

接著就看見不可思議模樣的地形。

由於是一整片茶色，所以可以知道是土壤外露的大地，但是還隨機畫著許多宛如章魚吸盤的圓形。數量有數百甚至是更多。也有線重疊在一起的圓。

「那是什麼？」

克拉倫斯這麼問，由於沒有人知道，所以就靜靜等待M的回答……

「這只是我的預測……」

連M都避開結論然後表示：

「我想應該是隕石坑吧。也就是受到某種攻擊留下的洞穴。會不會是受到大砲的同時攻擊了？」

「啊，原來如此。確實很像。」

蓮的內心浮現出月球表面的模樣。如此一想就覺得很相似。

M表示：

「如果是這樣，那基本上是平地，不過隕石坑的部分應該是凹陷，然後周圍有坑洞邊緣聳立的地點。這裡不但難以移動，也不容易看見遠方。是不適合戰鬥的地點。」

「糟透了！那裡不是起點真是太好了！」

不可次郎內心的最糟糕地點被更新了。

M他……

「那裡有一條筆直的線——」

指著從西南區塊右下往西北區塊左上，也就是以對角線形式橫跨地圖左半邊的兩條線並且這麼說。

「這是鐵路。沒有障礙物的話，跟高速公路一樣，可以很輕鬆地移動。只不過——」

「果然容易遭到狙擊嗎？」

蓮接在他後面繼續說下去。

先不管蓮這個能夠超高速移動的小不點，對於腳程最慢身軀又龐大的M來說，這是個相當嚴苛的地點。

「然後它上面的地圖是——」

不可次郎的發言讓所有人把視線移到最後的區塊，也就是西北方。

這個時候是十二點五分。

小隊「停止移動」到現在已經過了五分鐘。

酒場裡的觀眾也知道最初的十分鐘是擬定作戰的時間，所以沒有期待會發生劇烈的戰鬥。只是自行享受著「哪支小隊贏面比較大」、「要看哪支小隊的戰鬥」、「會不會有新武器登場」等對話。

嗶咚！

到了十二點五分的瞬間，因為發出巨大聲響而且所有畫面都出現文字，所有人便嚇了一跳，把視線朝向浮現文字的螢幕。

然後就看到……

「把本屆的特別規則宣布給酒場的各位知道喲！」

該處寫著這樣開頭的文章。

「開始五分鐘後——」

「是廢墟嗎？」

「廢墟吧。」

「沒有人住嗎？」

「有人住我也會開火喲。」

蓮和不可次郎進行著這樣的對話。

西北區塊畫著已經消滅的城市。ＳＪ１時也存在這種有許多高樓大廈的城市。但這次有許多大樓已經傾倒。可以看到好幾條細長的長方形。

鐵路穿越其中央，看起來就跟道路一樣。

西北區塊的右下端，有一半左右是純白色沒有任何物體的空間。

「那是啥？」

聽見不可次郎的提問後……

「湖吧。不過已經結凍了。」

Pitohui沒有回頭就直接這麼回答。她從剛才就比任何人都要警戒著周圍，右手的ＫＴＲ－０９槍口經常保持水平，而且跟視線同步移動。

由於這樣就看完所有的地圖……

「好，那麼關於進攻路線──」

當Ｍ準備開始訂立作戰計畫時……

「所有人，全方位警戒！」

Pitohui銳利的發言就打斷了他。

即使心情輕鬆到可以互開玩笑，他們依然是ＧＧＯ的戰士。

「嗚！」

蓮立刻架起P90並當場趴下……

「唔！」

不可次郎為了支援蓮而蹲在她左斜後方，雙手的大砲同時朝向左右兩側。

M收起地圖，警戒著Pitohui的相反方向。

夏莉善盡狙擊手的責任，用力拉扯繫在R93戰術2型狙擊步槍腳架左右兩側的繩子，一個動作就把兩腳架打開後，一邊擺出射擊姿勢一邊趴在土上。而且也沒有忘記打開瞄準鏡前後的蓋子。

「哦？」

最後克拉倫斯則是緊趴在夏莉身邊。

五個人迅速移動的聲音之後，森林突然靜了下來。

經過沒有任何動作的幾秒鐘後……

「怎……怎麼了，Pito小姐？」

蓮以沒有通訊道具就聽不見的細微聲音這麼問……

「感覺有什麼靠近了。」

就得到Pitohui以同樣細微的聲音這麼回答。

她的聲音裡帶著緊張以及期待的感情。

「感覺」嗎……

蓮對於Pitohui的答案產生了複雜的感情。

在由來自腦部以及通往腦部的電子信號所構成的完全潛行型遊戲裡，真的可能有什麼「感覺」嗎？

蓮本身是不相信，甚至覺得可能是從SAO的封測時期就開始玩的Pitohui才可能辦到這種事情。

M以沉穩的口氣表示：

「這麼短的時間，敵人不可能過來。而且也看不見。」

他先是做出這種否定的發言……

「但我相信Pito的感覺。」

然後又說出充滿愛與信賴的台詞。

「太愚蠢了……」

但夏莉對於Pitohui沒有愛，於是就這麼說著並且站起來，同時拉上R93戰術2型狙擊步槍的保險栓。

「我們差不多要走了。克拉倫斯，來吧。我們朝北方前進。」

「咦～？不會危險嗎？」

「ＳＪ沒有安全的地方。」

「是沒錯啦～」

克拉倫斯緩緩站了起來。當她準備從該處跨出一步時……

「咦？」

卻沒辦法做到。

因為從地底伸出來的手，緊緊抓住了克拉倫斯的右腳。

SECT.4

第四章　特別規則發動

「咦？別這樣好嗎～」

克拉倫斯以為是小隊成員在開玩笑而一邊回頭一邊露出雪白的牙齒……

「咦？」

可以清楚擷取到Pitohui、蓮、不可次郎以及M全都在3公尺之外的視覺情報，也能清楚地看見他們全都露出驚訝的表情，當然夏莉則是在自己前方……

「那麼是誰？」

克拉倫斯將視線往下移來看自己的腳。

然後……

「呀——！」

發出符合女孩子身分的悲鳴。

從森林地面伸出的是一隻粗大的手。

那隻手是茶色而且相當粗，上面還長滿粗糙鱗片，怎麼看都不像屬於人類的手。以尺寸來說也很大。

從腳踝的位置緊緊抓住克拉倫斯的靴子……

「嗚哇啊啊！」

像是把她釘在那裡一樣，讓她沒有辦法移動。

「怪物！」

Pitohui一邊叫一邊迅速把KTR－09的槍口移向該處。

「等等，不要射我啊！」

由於克拉倫斯不停地搖頭，Pitohui也就停止開火……

「噠！」

把任務交給從旁飛奔而至的粉紅色小不點。

蓮以在地面滑行般的超高速縮短與克拉倫斯之間的距離，同時拔出小刀刀也就是戰鬥小刀朝著那隻手砍去。

啪嚓。

漂亮地把手砍斷……

「嗚咿！」

克拉倫斯當場翻倒。而且手還黏在她的腳上。

「嗚哇好噁心！誰幫我拿下來！」

即使吃驚還是靠過來的夏莉，幫忙搭檔把手從她腳上拿下來時，地面就裂開了。

剛才克拉倫斯待的地方，也就是手伸出來的地點，土壤隆起並且裂開，有某種東西從底下浮現出來。

從土裡出來的是高1．5公尺左右的怪物。

而且還是不曾在GGO其他戰場見過的全新種類。

雖然像人類一樣以雙腳站起來，但是腿部相當短，反而是手臂又長又粗。由於右臂被砍中所以沒有前端，目前正發出綠色光芒。

頭部不像人類，略尖的前端可以看見圓形眼珠與耳朵。然後整個背部到臀部都包覆在巨大甲殼底下。身上有茶色斑點，因為沾滿爛泥而顯得很髒，讓牠看起來更加噁心。

「算是『犰狳人』吧。」

Pitohui以一句話來形容怪物，並且將KTR－90對準牠，但是仍未開槍射擊。

酒場的男人們看著螢幕中的影像。

於是就看見犰狳男出現在蓮他們中央的瞬間。

然後也看見除此之外的地點，各小隊的旁邊也有同樣，或者是不同的怪物登場，讓玩家們感到相當吃驚的光景。

剛才的十二點五分，酒場裡的觀眾已經閱讀過特別規則。

「把本屆的特別規則宣布給酒場的各位知道喲！開始五分鐘後，戰場上就會出現許多怪物，要注意不要被牠們幹掉嘍！

關於怪物的出現模式與規則——」

「可沒聽說會出現怪物啊！」

腳終於抽出的克拉倫斯憤怒地這麼大叫……

「所以這就是特別規則吧。」

把扯下來的手隨手一丟之後，夏莉就冷靜地這麼回答。

手在空中變成多邊形碎片並且消失，然後兩個人就為了不阻礙Pitohui射擊而迅速退後。

Pitohui依然沒有開火，而M也冷靜地表示：

「蓮！可以用刀子幹掉牠嗎？我不想發出槍聲。」

「知……知道了！」

蓮終於理解Pitohui不開火的理由。在這裡盡情射擊的話，會被周圍的敵人得知所在地。

蓮的左手按住用肩帶揹在肩膀上的P90。然後開始尋找對手的要害，思考該如何只用右手的刀子來幹掉對方。

對方的名字與ＨＰ條都沒有出現在視野當中。而且就目前看來，背部似乎是甲殼，朝那裡出手的話相當危險。就連一般的犰狳，都具備足以將手槍子彈反彈開來的實力了。

如此一來，果然還是只有手腳或者腹部了。由於手部很輕鬆就砍下來了，應該不是太過堅硬的怪物才對。

左手有多大的威力呢？被打中的話會受重傷嗎？那麼要砍腳嗎？但是腳實在太短了。這樣的話──

一瞬間的思考之後，蓮就迅速衝過去並且揮舞手中的黑色刀刃。敏捷性相當優秀的蓮認真使出斬擊的話，就只能看見軌跡的殘像了。

蓮首先為了削弱對手的攻擊力而朝手臂下手。把犰狳人的左臂從連接身體處砍斷，在手臂落地之前，又橫向撕裂牠短短的脖子。

即使是漂亮的兩段攻擊，在某些人眼裡看起來就只有揮出一刀吧。

和一般的ＧＧＯ攻擊一樣，系統判斷已經給予足夠的傷害……

啪鏘。

堅硬物體破裂的聲音、潮濕物體落地的聲音──隨著把這兩種聲音綜合再除以二的聲音，犰狳人就變成了多邊形碎片當場四散開來。

如果是平常的GGO，幹掉怪物後應該會獲得少量經驗值，但SJ裡面完全沒有這回事。蓮的視界裡沒有任何變化。

蓮看了一下視界左上方的HP條來確認克拉倫斯受到的傷害。刻意把視線移到視界最邊緣，就能看見伙伴的能力值顯示在該處。

完全是綠色。看來只是被抓住並不會損及HP。頓時感到安心的蓮……

「為什麼SJ會出現怪物！應該說……這就是特別規則嗎……」

蓮的腦筋動得比克拉倫斯還要快，所以話才說到一半就了解是怎麼回事了。

那麼，Pito小姐就是「感覺」到這個從地下逼近嘍？依然像個怪物一樣！

雖然嘴裡沒說，但蓮在內心這麼大叫。

蓮依然拿著小刀，持續警戒著周圍。M和Pitohui兩個人也已經注意著腳下並且把槍口朝向該處。

突然可以聽見小太鼓般的聲音。

「噠噠噠噠噠嗯」的聲音相當有節奏感。聲音是來自森林的遠方。以方位來說是西邊。

蓮立刻就知道那是什麼聲音。當然不是什麼太鼓。

「有人開火了……在數百公尺外。」

噠噠噠嗯。

槍聲停止了。

「隔壁的其他小隊嗎？也是被怪物襲擊了吧。」

不可次郎這麼表示。以位置關係來看，絕對是遊戲開始時在距離1公里外最靠近我方的敵隊。怪物似乎不是太強大的敵人，很輕鬆就能用槍打倒。

「看來是很公平。」

M這麼說道。

Pitohui不知道什麼時候已經改用左手拿KTR－09，右手則握著銀色圓筒，也就是光劍「村正F9」。光刃目前仍未升起。

此時她正以險峻表情看向傳出聲音處，也就是森林後面看不見身影的敵人。

蓮瞄了一眼這樣的Pitohui，同時有一種不對勁的感覺。

以槍聲來看是距離很遙遠的敵人，應該不會立刻造成威脅才對。但Pito卻如此保持警戒，這究竟是為什麼呢？

就像要告訴蓮答案一樣，再次聽見槍聲響起。

噠噠噠噠嗯！

跟剛才同樣的地點所傳來的連射聲。

噠噠噠噠嗯！咚咚咚咚！噠噠噠咚喀喀咚喀嗯咚咚咚咚噠噠噠！

接下來是混雜了重低音的大鼓連打。

「怎麼啦怎麼啦？」

不可次郎躲到附近的樹幹後面。

蓮也警戒著地面並低下頭來。

M彎下身軀……

「側面與後方的警戒就拜託妳們了。」

對夏莉跟克拉倫斯兩個人做出指示。

原本以為會不願合作的夏莉，這時也乖乖聽話，和克拉倫斯一起將槍口朝向北側以及可能性極低的東側。

噠噠噠嗯！噠噠噠噠噠噠噠嗯！咚噠噠噠噠！咚喀嗯！

從東側傳來的槍聲一直沒有停歇。最後的「咚喀嗯」應該是丟了手榴彈吧。

「好劇烈的戰鬥……」

蓮回想起SJ1並且這麼說道。那時候不考慮後果直接移動的小隊們，在森林中碰在一起，結果比賽剛開始就演出一場火力全開的戰鬥。

但到了第四屆的本次，實在很難相信會發生這種事。SJ3時SHINC剛開始不久就已經在戰鬥，但該處和這裡不同，是有石塔聳立的荒野。她們是認為有勝機才會進行這樣的作戰。

噠噠噠噠噠！噠噠噠噠噠！

「Pito小姐、M先生。那有點奇怪耶。一直從同樣的地點傳來槍聲。只有一支小隊而已喔。那為什麼會發射那麼多子彈呢？」

自己不知道的事情就只能詢問這兩個人了。

「我也不知道。Pito？」

M也是個不恥下問的男人。

十二點七分。

確認距離掃描還有三分鐘的Pitohui，旋即開口回答兩個人的問題，而這同時也是眾人都想知道的答案。

「這個會出現怪物的特別規則，是由那個壞心眼作家想出來的吧。」

「是啊……」

蓮加以附和。

「然後剛才冒出一隻。小蓮把牠打倒了。之後就沒再出現了。」

「嗯。」

「但這樣有點奇怪吧？如果是為了擾亂ＳＪ而創造怪物，那應該會出現更多才對吧？」

「咦？嗯……也是啦。」

「但是，就算附加了彈藥自動回復服務，怪物接連不斷出現而無法跟其他小隊戰鬥的話，就像是否定ＳＪ這個遊戲，也會被所有人唾棄吧。」

「或許吧。」

「不在觀眾和玩家都能接受的規則下丟出怪物，自己將會被攻擊。如果是壞心眼又不想被攻擊的膽小鬼，一定會動腦筋。」

「唔嗯。」

「於是我就站在壞心眼的角度來想事情。遊戲結束後能夠厚著臉皮說『是這種規則，所以我沒什麼不對吧？ＳＪ確實成立了對吧？』的狡獪規則究竟是什麼。」

「Pito小姐擅長的領域……」

「謝啦。然後我就想到了。」

蓮沒有附和，只是等待她繼續說下去。不可次郎和其他伙伴也想聽她到底想到什麼，從現場氣氛就能知道他們雖然保持警戒，還是豎起耳朵聽著Pitohui說的話。

「就是『一直待著不動就會出現怪物。打倒那隻怪物的話又會被其他的襲擊』這樣的規則。」

「那也就是說……剛才的犰狳小弟……」

「沒錯喲，小蓮。一開始的那一隻是斥侯、偵察、探子。雖然是我的預測，但一直待在同一個地方的話，就會出現一隻斥侯怪物。時間限制應該是五分鐘。然後要是攻擊那隻斥侯，牠就會對周圍發出警戒訊號。結果就是──」

「被大量的怪物襲擊……」

噠噠噠嗯噠噠噠噠嗯！噠噠噠噠噠噠嗯！咚咚咚咚！

感覺遠方傳來的槍聲簡直就像是悲鳴一樣，蓮不由得感到背部一陣發涼。

如果Pitohui的預測正確，西側數百公尺外的地點，那支小隊應該正被怪物包圍，而且遭到猛攻。然後正因為加以反擊，才會呼喚來更多的怪物……

「實際上不可能進行五分鐘以上的伏擊嗎……」

夏莉恨恨地這麼說道。這對於想進行伏擊的狙擊手來說是相當棘手的規則。

「那為什麼我們會平安無事？」

克拉倫斯如此提問……

「只是偶然吧。因為沒有用槍打倒怪物。因為GGO是槍的世界，槍殺就是喚來更多怪物的引子吧。」

「唔……」

如果是一般的GGO玩家，絕對會直接開槍幹掉怪物吧。

蓮用力握緊右手上的小刀。M之所以要她用小刀解決怪物，純粹是為了不想讓周圍聽見槍聲，想不到竟然還有這種效果。

謝謝你，小刀刀。

蓮把小刀放回腰間。

這時還有另外一個人在感謝自己的刀子。

真的聽見很有用的情報了，要是冒出怪物就用這把劍鉈幹掉牠。

沒錯，那個人正是夏莉。

酒場的觀眾們知道所有的事情。

因為他們看過十二點五分發表的特別規則了。

「把本屆的特別規則宣布給酒場的各位知道喲！開始五分鐘後，戰場上就會出現許多怪物，要注意不要被牠們幹掉喲！

關於怪物的出現模式與規則——

『玩家在同一個地方待超過五分鐘以上就會出現偵察怪物』。

『出現的偵察怪物，攻擊企圖與耐久力一開始都很低。但最後還是會露出獠牙發動攻擊。然後如果玩家立刻移動的話就不會追過來』。

『不過要是用槍打倒偵察怪物，牠就會對周圍發布警報，一定時間內會有大量怪物殺到。打倒牠們的話也會有同樣的下場』。

就是這三條規則喔！

也就是說，別像顆番薯一樣老是待在同一個地方，這是只要確實到處移動就能夠順利加以對應的簡單障礙。

SJ是小隊大混戰，所以不用在意怪物，好好加油吧。

好了各位，Let's fight！」

十二點九分三十秒。

蓮的左腕，以及其他成員左腕上的手錶都開始震動，告知他們馬上就要開始掃描了。

但這同時也表示在這個地方待了十分鐘……

「繼續待在這裡的話，又會冒出下一隻偵察怪物吧？」

不可次郎也注意到這一點。

「正是如此。所有人，準備開始移動。蓮打頭陣。再來是Pito。我和不可次郎一起。剩下的兩個人殿後。只有我一個人看掃描。」

「了解」的聲音此起彼落。

夏莉雖然露出苦澀的表情，但還是放棄在這個時間點脫隊了。

在快要到十分時，蓮開口詢問：

「往哪邊移動？」

噠噠噠噠噠嗯！噠嗯噠嗯！

M粗大的手指指向不斷傳來槍聲的方向。

「西邊。先讓那支可憐的小隊好好地休息吧。」

＊　＊　＊

西側森林裡，待在蓮他們隔壁的小隊……

「不會吧！為什麼為什麼！為什麼ＳＪ會出現怪物！這不可能啊！」

原來是ＺＡＴ的眾人。實況玩家賽因發出驚訝的叫聲。

賽因雖然放聲大叫，還是不忘以自己的愛槍「８９式步槍」不斷進行三點式發射（註：扣一次扳機就能連續發射三發子彈的模式）。同時……

「『沒看過這種ＳＪ！太不可思議！』」

模仿起最近播放的冰淇淋廣告中偶像歌手的台詞。在大量怪物的包圍下，應該已經沒有多餘的心思才對。

森林中的伙伴們拚死持續進行反擊。

他們身上發生的事情就如同Pitohui所預料的一樣。

ＳＪ開始後，按照常規待在原地不動，結果從樹上降下怪物，急忙擊殺那個傢伙而放下心來時——

「冒出一堆了！充滿謎團！為什麼！Why！」

賽因忙於實況，根本沒有時間思考這個謎。

他們在森林中組成防禦圓陣，持續對從周圍３６０度湧出並且聚集過來的怪物開火。

怪物有的從土中冒出，有的從樹洞裡竄出，有的從樹葉後方落下，可以說有各式各樣的出現方式。

其外形也是形形色色，不過大多是動物的變形。像是猿猴、犰狳、獵豹等等。其中也有像是熊貓的異色怪物。

牠們全是不曾在ＧＧＯ裡見過的傢伙，也不清楚弱點與耐久度……

「賽因！你也快點開火！這些傢伙靠近之後沒幾發子彈就能打死嘍！」

ＧＧＯ裡最為常見的衝鋒槍是「ＨＫ．ＭＰ５」，正如以其固定槍托的Ａ４型號進行全自動連射的班哲明所說的，即使是手槍用的9毫米魯格彈，也只要命中胴體3發就能轟飛牠們。

在遠方的話就得擊中更多發子彈才能打倒，看來對應距離給予傷害的比例，調整得比一般怪物以及人類還要高。

ZAT的眾人於是毫無顧忌地瘋狂開火。因此完全沒有讓怪物靠近，總算是把牠們擋在10公尺左右的距離外。

「大家都好可靠！沒錯！這次的特別規則是三十分鐘子彈就會完全回復！好吧，Let's full auto！」

賽因一邊實況，一邊把89式步槍的選擇桿從「3」的位置調到「レ(Re)」的位置。

自衛隊的步槍當然是日本的槍械，選擇桿上面的表示當然是日文。順帶一提「ア(A)」是安全，也就是「Safety on」。「タ(Ta)」是單發。也就是發射1發子彈。有人說「アタレ(Atare)」三個字剛好帶有「命中吧」的意思。

打開自衛隊步槍一定會有的兩腳架，以其為地基趴在森林裡……

「安定的臥射！跟本公司過去的產品比較後發現這可以提升43％命中率！不過效果會因個人而有所不同！採樣對象都滿十八歲了！」

即使賽因以莫名其妙的台詞來進行實況，還是不停以手中89式步槍的全自動模式來瘋狂射擊。

發射出去的5.56毫米彈輕易貫穿從樹幹後露出臉來的，像是把馬和羊綜合起來一般的畸形怪物，把牠變成了多邊形碎片。

更換30連發彈匣的賽因……

「我覺得以那種外型來看，是不是把GGO不採用的設計拿來再利用啊？只為了這一屆就設計全新的怪物，我覺得應該不會花這種大錢才對。」

嘴裡一邊這麼說道。

實際上正如他所說的，這些外型乏味土氣難看的怪物們，全是在GGO仍處於設計階段時參加設計比稿就被退回的稿子。

十二點十二分。

不在意子彈費用瘋狂地射擊再射擊，ZAT的眾人大概撐了七分鐘左右。

他們在這段期間完全沒有移動，但是規則似乎沒有嚴苛到立刻就又出現偵察怪物。

怪物沒有動靜後又過了數十秒鐘……

「看來是不會再出現了！我們成功了！撐過SJ的特別規定了！這真是個光輝的瞬間！實在是太Glory了！我們的快速進擊將由此開始！」

賽因站起來後擺出雙手握拳的勝利姿勢。

一隻手上還握著從熱騰騰槍身冒出煙來的89式步槍。

「嗚喔喔！我的搭檔啊！虧你能撐得過來！等比賽結束後，我會好好幫你擦亮上油，然後摸摸你讓你陪我睡覺喲！」

乍看之下是相當變態的行為，但ＧＧＯ裡這麼做的人其實還不少。也有人特別來到虛擬空間租借床鋪，然後抱著槍械入睡。

ＺＡＴ小隊的成員也都放下心來，為了補充瘋狂使用的彈藥而叫出倉庫欄或者交換彈匣，只不過——

各位是不是忘記什麼事了？

「射擊。」

「可惡。」

接到Ｍ的命令後，夏莉嘴裡雖然這麼咒罵，還是按照指示開火了。

高性能狙擊槍Ｒ９３戰術2型狙擊步槍，就成為ＬＰＦＭ小隊最先噴火的一把槍。

發射出去的直徑7.62毫米，內含炸藥與雷管的開花彈穿越樹木間縫隙，以大約〇．六秒的時間飛越４００公尺的距離——

「啊啊，Sweet baby，Oh my darling，I love you。」

當賽因正在親吻８９式步槍槍托時，開花彈就陷入他的身體當中。

在胴體內爆炸的子彈，將他分為上半身的A部分以及下半身的B部分，今後只能在待機區域以及酒場裡進行實況。

「上吧。」

「了解！」

蓮跑了起來。

一點一點迫近後，距離ZAT布陣的森林只剩下200公尺左右的距離。

蓮在小心不撞到樹的情況下跑過森林。

M則是以M14．EBR的銳利連射來掩護她的奔馳。最初的1發子彈貫穿來不及趴下的卡薩頭部，第2發命中正要躲起來的柯尼希臉部。直接減少了他一半的HP。

「是狙擊！有敵人！這次是真正的敵人！」

緊趴在樹幹後面的山田這麼大叫……

「可惡！掃描結束了！」

弗勒斯注意到我方難以置信的失態。

當M的連射讓他們停留在原地的期間，蓮已經創下森林區短跑的世界新紀錄。

「抱歉！」

她直接趁勢闖入敵方陣營。

只是緊貼在地面的對手，對蓮來說不過是射擊練習的靶子。蓮在狹窄範圍內四處奔跑……

啪啪啪嗯。

「咕咿！」

啪啪啪。

「嗚嘎啊啊啊！」

啪嚓。

「不要小刀啊！」

擊殺兩個人後，用小刀把最後一個人，也就是柯尼希正在施打急救治療套件的手連同喉嚨一起撕裂。

率先成功逃走，棄小隊所有成員不顧而遁逃的班哲明……

「嗨～！」

直接碰上先繞到前面去的Pitohui……

「嗨……嗨～……」

反射性打完招呼後，腦袋和胴體就被光劍分別配置到不同的地方了。

十二點十三分。

在ＺＡＴ的屍體附加上「Ｄｅａｄ」標籤並且躺在地上的情況中，蓮他們開始剛才無法完成的作戰會議。

他們所有人組成直徑數公尺的圓陣，蹲在地上臉朝向外側。臉完全不看向別人，只靠對話來完成會議。之所以圍成這麼大的圓，是為了避免受到手榴彈的一擊而全滅。

首先是Ｍ……

「第一次掃描的結果——ＳＨＩＮＣ在東北邊緣的機場。ＭＭＴＭ在西北邊緣。西南的邊緣是ＺＥＭＡＬ。」

做出這樣的報告。

很好！到機場就能碰面！可以跟她們戰鬥了！

蓮在內心握緊拳頭做出勝利姿勢。幸好不是在最遙遠的西北方。

當然在對戰之前得花上不少時間，而且先決條件是得存活到那個時候。

話說回來，Fire所在的隊伍到哪去了？

蓮心裡這麼想，但是連他所在的小隊名稱都不清楚了，當然不知道他在哪裡。

這次的ＳＪ４，有一半以上的參賽小隊是新的名字，所以完全預測不到他人在哪支小隊。

現在死在哪個地方就好了。

蓮這麼想著。

這時M繼續表示：

「森林裡有三支小隊。一支在這裡消失了，剩下一支本屆首次參賽的小隊是在最南邊的橋梁附近。應該是一開始看到地圖時，就在承擔一定風險的情況下選擇趕往橋梁了吧。」

原來如此。

蓮點了點頭。我方小隊是在戰場的角落，所以十分鐘不可能到達那種地方。如果只有蓮的話也就算了，加上腳步緩慢的M的話就絕對不可能。

不過，如果初期配置是在距離橋梁只有1～2公里的地方，可能就會甘冒與敵人碰頭的風險，或者是賭敵方小隊在十分鐘內不會有動作而開始移動。

Pitohui接著表示：

「那支小隊現在當然正努力渡過橋梁吧。或許已經渡過了。如果在移動的話，就不會和怪物戰鬥才對。」

「如此一來，現在只有我們在森林裡嘍？」

不可次郎這麼說，M聽見後就用力點頭。

「看過地圖之後，我不認為會有哪支小隊刻意跑到這個區域來。」

說得也是。

蓮心裡這麼想。只有相當古怪的隊伍才會刻意來到如此難進難出的地方。蓮自己都想盡快告別這種地方了。

M又繼續說：

「剛才被怪物打擾而沒辦法說完，我在掃描前就有這樣的想法。為了不讓敵方小隊繞到後面，我們就移動到南側或者東側靠近境界線的地方，然後渡過橋梁或者越過濕原地帶。夏莉和克拉倫斯在過橋後就可以自由行動沒關係。」

夏莉表示：

「我沒有異議。應該說，可以結束了吧？」

她似乎立刻就想站起來離開此地，不過克拉倫斯倒是比較冷靜。

「哎呀，先冷靜一下嘛。M的話還沒有說完喲，然後他一定是想這麼說喲。『但是待在這種地方絕對不是什麼壞事』！」

「沒錯。」

M肯定克拉倫斯的話，而蓮也知道他們兩個想說什麼。

如果現在只有自己的小隊待在森林裡，那麼也有「暫時不離開這裡」的選項。

在這個地方不停移動來迴避怪物，然後盡可能避開與敵隊交戰。如此一來小隊數自然會隨著時間經過而減少，這個時候才開始渡過更加安全的橋梁。這同樣是相當棒的作戰計畫如果敵人想跟蓮他們一決勝負，或者同樣想要躲在這裡而迫近，卑鄙一點就能在橋梁的某處伏擊。或者等對方來到森林後在火力全開來迎擊。

「嗯，就戰略來說算是不差。不過這樣我和右太、左子就沒有發光發亮的機會了。哎呀，我們是還沒關係。但這樣Pito小姐就不能大鬧一番了吧。至於蓮她……以下省略。」

不可次郎在真心話後又說出場面話。

「不錯的方法。想獲得優勝的話，我贊成這麼做。」

Pitohui如此表示……

「不想獲得優勝嗎？」

夏莉像是感到有些意外般這麼對她搭話。

「那當然是想啦！不過，更重要的是——」

「更重要的是？」

「我想讓小蓮跟SHINC再次對戰喔。所以我投往北方一票。嗯，雖然這不是在選舉啦。」

Pito小姐……

意料之外的理由，讓蓮的心一瞬間放鬆了下來。緊接著……

不對，Pito小姐是不是有什麼企圖？

又立刻綳緊。

「Pito小姐，妳是不是有什麼企圖？」

不可次郎老實地問道……

「沒有沒有沒有。我從來沒有什麼企圖喲。」

「真的嗎！」

時間來到十二點十七分……

「再一分鐘怪物就要出來了。那就讓我來做決定吧。」

M邊說邊警戒周圍並站起身子。

然後……

「蓮，往南跑。」

＊　＊　＊

十二點二十分。

還活著的玩家們一起觀看第二次的掃描。

到了這個時間點……

「待在同一個地方五分鐘以上就會冒出一隻怪物」。

「打倒的話將會成導火線，一陣子後會有大量怪物湧至，立刻無視牠們開始移動比較好」。

這些事情不用說，參賽者們也都已經知道。

只要不在同一個地方待超過四分鐘以上就能迴避，所以全部小隊都選擇這麼做。原本想要採取伏擊作戰的小隊……

「真是的，那個狗屁贊助者作家！」

「滾出來，看我射死你！」

則是嘴裡不停抱怨著。

這是還能在ＳＪ裡面存活才能知道的事情。

被怪物包圍而全滅的可憐隊伍，以及像ＺＡＴ那樣在跟怪物戰鬥時被其他小隊襲擊而全滅的小隊總共有七支。算是相當嚴重的損耗。

加上一般戰鬥而消失的小隊，二十分的現在總共還有二十一支小隊存活。

其中二十支小隊藉由掃描而得知某個結果。

最有力的優勝候補ＬＰＦＭ，目前正待在地圖右端幾乎快無法顯示的位置。

十分鐘前還在略為左上，也就是往西邊與北邊移動的位置，所以這就表示他們退縮到最深處去了。

許多玩家都這麼想。

那些傢伙選擇躲在森林裡面。

然後在內心暗笑他們沒有骨氣。

至於很了解蓮的幾支小隊，其成員都這麼想著。

啊啊，這是陷阱。

這個時間帶的位置根本不能作準喲。

「小蓮他們怎麼可能採取『穴熊』戰術。真是群蠢貨。」

酒場的其中一名觀眾，對嘲笑蓮他們「躲起來了」的傢伙丟出嚴厲的批評……

「你說什麼！」

結果差點就打起來了。順帶一提，穴熊是下將棋時把王將放到棋盤角落，周圍再用其他棋子包圍起來的防禦陣形。

在酒場裡打架確實很有美國電影的味道，但就算在GGO的首都格洛肯裡打架也不會受傷，只會純粹像是拚命毆打對方身體的短劇，於是雙方沒有真的出手……

「哦哦，『萬事通大人』啊。為了讓愚蠢的我們也能了解，可以請你說明一下嗎？現在明明就是在最角落的地方發光啊。」

只是用惡劣的諷刺來「嘴砲」一下就算了。

那名觀眾用鼻子冷笑一聲後才回答：

「以粉紅色小不點的腳程，十分鐘就能跑4到5公里了。就算待在地圖角落，在下一次掃描前還是可以抵達橋梁。那是只為了把隊長符號放在那裡的陷阱。」

蓮獨自呆立在空無一人的地點。

三分鐘前M要自己盡可能往角落跑，在森林當中全力奔馳後，蓮就來到這個地方。

地圖的東南方角落處，為了顯示再也無法前進的境界線而拉起有刺鐵絲。

即使努力也無法穿越的電線桿般又高又粗的鐵柱在短間隔下埋入地面，其間一直到十公尺高的地方都拉起滿滿直徑數毫米的有刺鐵絲。鐵絲後方可以看見森林，但是蓮也沒有想過去的念頭。

不過對於要拉起鐵絲的理由感到有興趣，所以利用掃描之前的時間調查了一下，結果發現幾片原本應該是綁在外側的看板掉落在地上。

雖然生鏽且骯髒，但還是可以看出文字。上面以英文寫著：

「生物性危害！重汙染區域！進入者完全無法保證生命安全！CDC。」

「絕對不能讓入內者離開！不必警告直接射殺！合眾國國防部。」

「你在裡面的家人已經不再是你的家人了。他們不記得你了。放棄吧。」

盡是一些相當恐怖的內容。

喂喂，發生什麼事才會變成隔離區域啊！然後這裡面是戰場嗎！

雖然是在VR世界裡面，蓮還是產生相當厭惡的感覺。到剛才為止，即使自己一個人也沒有寂寞與恐懼感，但現在卻突然感到害怕。於是忍不住就抱緊小P。

然後到了掃描的時間，她沒有拿出接收器只是在現場待機。

「很好。結束前都在那裡等著。」

透過通訊道具聽見M的聲音……

好了，再跑一次吧。

蓮準備再次奔馳。

把P90和彈匣收進倉庫欄，以只有腰間掛著小刀這樣的輕裝，也就是最輕盈且容易奔跑的模樣待機數十秒。

「掃描結束了。一切按照計畫。」

「了解！」

蓮的腳踢向森林的土壤。

蓮持續跑著。從森林裡面一路向北。

雖然在森林當中很難維持前進方向，但這次可以作弊。沒錯，只要沿著東側的境界線就可以了。

M他們應該一直以最短距離前往森林區域最北端的橋梁才對。

有擅長導航的M在應該就沒問題了吧。只有不可次郎一個人的話就很令人擔心了。

和小隊在那裡會合，等十二點三十分的掃描之後就前往機場，這便是這次的作戰了。

剛才M是這麼說的。

「先前往北邊的橋梁，看過現場的周邊之後再決定是要冒著危險直接渡橋，還是越過河川與濕原地帶。」

接著又說出這麼做的理由。

「周圍或許隱藏著可以高速移動的交通工具。這個地點就地圖來說是有點不講理，所以可以期待會有救濟措施。」

所有人都覺得可以接受。

有氣墊船或者風扇艇的話就能輕鬆渡過濕原地帶與河川，有車輛的話則可以一口氣突破橋梁。

基本上是以己身雙腳行走的ＳＪ，能以時速數十～百公里持續奔馳的移動機械具有很大的效果。蓮已經親身體驗過這件事了。

ＳＪ1時被ＭＭＴＭ的氣墊船以及ＳＨＩＮＣ的卡車給搞得一個頭兩個大。

ＳＪ2時則是ＭＭＴＭ的四輪驅動車Humvee以及Ｔ－Ｓ的腳踏車。

ＳＪ3時蓮他們自己靠著卡車而輕鬆了許多。

雖然訂下往森林北端前進的方針，但在那之前先讓擁有隊長標誌的蓮將位置拉遠也是作戰的一環。同時也有讓Ｍ他們分頭前進來尋找交通工具的目的。

當然「領隊標誌機關」是ＳＪ裡常見的手段。應該也有人不會上當，但是能做的事情就全部把它做完一向是Ｍ這個男人的風格。

聽完計畫的夏莉，不知道是認為想不出更好的作戰，還是覺得反正也準備前往北邊，所以這樣子正好，又或者兩者皆是……

「好吧。渡過河川和濕原地帶之前就跟你們一起行動。之後就真的要分道揚鑣了。」

只見她繃著一張臉這麼說來同意Ｍ的意見。

嗯，怎麼說那條河還有濕原地帶都太危險了。這樣總是比只靠兩個人渡河要實在多了。

蓮邊跑邊這麼想。

夏莉說起來還是一個冷靜的玩家，為了活下去多少可以捨棄一些自我。如果可以順勢就這樣一直當隊友就好了。

蓮持續跑著。在森林裡不停地往北方再往北。

她的耳朵裡聽見了M的指示。

「剛才的第二次掃描，確認到還有二十一支小隊。沒有往森林靠近的隊伍。最近的是之前也在住宅區中央的那支名為『ＤＯＯＭ』的初參賽隊伍。他們不知道會不會利用河川來迎擊我們，不過在森林裡面時應該不用在意攻擊吧。以會合為最優先事項。」

「了解！希望能找到交通工具！」

蓮持續奔跑著。

心裡想著在ＳＪ裡老是在跑步耶。

十二點二十五分。

「太棒了！來到路上了！」

以克拉倫斯為斥侯——也就是走在前頭警戒周圍的角色繼續在森林裡前進的M等人，終於來到北側的橋梁旁邊，遭遇到連結橋梁的道路。

連結橋梁的道路也延伸到森林裡面。由於是以美國作為藍本，所以是鋪設水泥而非柏油，而且路肩特別寬敞的雙線道道路。寬度應該有20公尺吧。

小心翼翼地警戒著周圍的克拉倫斯與Pitohui，確認安全之後就呼喚同伴。然後所有人散開，尋找周圍是否有交通工具。

Pitohui和M來到濕原地帶與森林的交界處。

可以看到幅員廣大的濕原地帶、流經其中分出許多旁支的河川，以及圍著矮欄杆的橋筆直往前延伸的模樣。

濕原地帶長滿了蘆葦般的草，目前正輕輕隨風搖擺。河面相當平穩，像鏡子一樣反射出天空。

厚實的橋由粗大的橋墩支撐著，看起來相當堅固。現實世界也有橋梁採用這種設計，應該是以經常發生洪水的地點作為藍本吧。暗沉的白色欄杆是鐵管製成，高度大概到腰部左右。從橋面到橋底的高度大約是10公尺。

兩個人小心謹慎地注意著周圍，不過沒有看到小艇般的物體。

「雲變多了。」

「嗯。」

走出森林時就知道比賽開始時沒有的雲，已經一點一點覆蓋住天空。泛紅的天空中，灰色的部分逐漸增加。

十二點二十八分。也就是拚命尋找的三分鐘後。

「有了！各位，我找到嘍！」

越過道路進入森林另一側的不可次郎，似乎終於發現寶藏了。

所有人聚集到那個地點後……

「喔喔！好棒！真帥氣！」

就看到一台讓克拉倫斯歡欣鼓舞的交通工具。

枝道上，宛如夾雜在森林的綠意當中般，以巨大布幕覆蓋來隱藏的是一台拖車。

那是具備駕駛座與引擎的「曳引機」，也就是前方的牽引部分，以及後部的「掛車」，亦即被拖引的貨架部分所構成的輸送車輛。

由於這也是美規尺寸，所以跟在日本行駛的拖車比起來要大上許多，雄偉的模樣簡直就跟鐵路上的車廂一樣。從旁邊看就能看到六個巨大輪胎。

所有人一起把足有大劇場布幕那麼大的布全部拉下來，堆積在後部的貨物也跟著露出。

貨架是呈平面狀。車體框架上設置厚重鋼鐵製貨架，邊緣附加了巨大的鐵製圍籬，或者可以說是柵欄。

柵欄內橫躺著數十根柱子。那是長20公尺，如同電線桿一般的粗大鐵柱。如果是剛才曾經見過它的蓮，可能會認出它就是為了拉起邊境鐵絲網的柱子。

堆得滿滿的柱子最後是用鋼絲綁起來。貨物的最上方距離路面大約有4公尺的高度。

「這些鐵柱是拿來做什麼用的？」

克拉倫斯這麼說……

「拿來揮舞並且粉碎敵人。」

不可次郎這麼回答。克拉倫斯聽完只是聳了聳肩。

「結果真的是名符其實的『累贅』嗎……把它們弄掉速度會比較快吧？不知道能不能拿掉喔？」

「應該沒辦法吧。就算切斷鋼絲，也沒辦法讓車體打橫。」

這麼說道的M把裝有盾牌的背包放到地上，然後爬上左側的駕駛座。以M巨大的身軀來看，實在很難連同背包一起塞進去。

M確認著有沒有人先行設置了詭雷並且慎重地打開門，然後坐到駕駛座上。

轉動插在上面的鑰匙，怪物就發出吼叫般豪邁的聲響，看來引擎是發動了。筆直朝天空突出的兩根排氣管不停地冒出黑煙。

千萬不能吐嘈「設定上明明是未來的地球，卻還是有鑰匙和柴油引擎嗎」。因為這就是GO。

「很好，還可以開。燃料也應該足夠抵達機場。」

「OK，那就坐上去吧！Let's drive！嗯，雖然也可以由擁有駕照的我來開，不過M似乎很想駕駛……」

不可次郎邊說邊準備坐到右側的副駕駛座，結果被M阻止了。

「其他人都到貨架上去，然後坐到最後面做好隨時可以跳車的準備。我的背包就拜託Pito了。」

「咦～女的只能坐外面嗎？」

不可次郎這麼抱怨，不過接下來的路途中最容易受到攻擊的絕對就是這個駕駛座，所以這也是沒有辦法的事。

「嗯，沒辦法了。那大家上車吧！快點出發了！這樣就能跟森林區域說再見了！哎呀，感覺好像忘了某個人……是我想太多吧……」

「太過分了～！也讓我上車～！」

粉紅色嬌小物體隨著這樣的聲音高速朝拖車跑過來。那是穿越森林後從途中就開始跑在道路上的蓮。

蓮在克拉倫斯的引導下從道路進到森林裡，然後從倉庫欄中取出P90。

這樣小隊成員就全部集合了。找到了期盼的交通工具，完成突破橋梁的準備。

小隊的所有女性成員在拖車貨架的最後方，鐵柱的前端處發現大量的圓形空間，於是全坐到裡面。

但是……

「M，掃描怎麼辦？」

正如Pitohui所說的，已經超過十二點二十九分三十秒了。

「…………」

M考慮了幾秒鐘。

是直接開始渡橋，有效利用其他小隊可能正在看掃描的這段時間。

還是等待數十秒，不對，幾秒鐘就可以了，然後依照掃描的結果延後渡橋的時間呢？

「看掃描吧。」

M選擇了比較確實的方法。

而出發時間這數十秒的延遲——

之後將把他們送進橋上的熾烈戰鬥當中。

SECT.5

第五章　通過吧

到了十二點三十分，同時發生了兩件事。

第一件當然是開始掃描。

而另一件則是「彈藥完全回復！」的文字出現在視界當中。這個瞬間，至今為止使用的彈藥、能源、手榴彈的數量完全跟本來一樣了。

雖然蓮他們沒什麼使用到，但能夠回復當然是件好事。這支隊伍裡，能夠因為這條規則而獲得最多好處的，大概就是親手製開花彈相當昂貴且稀少的夏莉，以及瘋狂射擊電漿手榴彈的不可次郎了吧。

坐在拖車上面的蓮等人各自看著自己的衛星掃描接收器。

這種時候掃描竟然從離我方最遠的西北開始，在途中顯示其他小隊所在的亮點並且不斷前進。

蓮為了確認SHINC是否還存活而觸碰所有機場附近的位置標誌。

「有了！太好了……」

找到了。在機場左下方。地圖中央附近的跑道上。

地圖中央靠西北側，交流道與湖泊周邊的亮點密集度相當高，這裡似乎正進行著一定程度的激戰，不過這個時間點尚無法得知詳情。

接下來的問題是我方即將渡過的北方橋梁近處有沒有隊伍存在。掃描這時候來到附近。剛才待在住宅區中央那支名為ＤＯＯＭ的小隊，目前仍待在差不多的位置。

如此一來，今後應該不會阻礙到我方渡橋吧？

蓮輕鬆地這麼想著——

「可惡！」

結果卻聽見Ｍ發出罕見的咒罵聲……

「要移動了！快抓好！別被甩下去了！」

搭乘在貨架上的成員們，隨即抓住捆縛柱子的鋼絲或者貨架的扶手。

柴油引擎的低吼變得更加激烈，巨軀開始緩緩移動。

穿越森林內的枝道來到道路上。然後在扭曲連結部的情況下，將引擎蓋的前端朝向北邊。

貨車開始加速時，貨架上的蓮就詢問：

「怎麼了嗎，Ｍ先生？」

應該有什麼理由，才會讓他如此慌張。那是蓮沒有注意到的理由。

結果回答是來自Pitohui。

「看到接收器了吧？就是那支叫作ＤＯＯＭ的隊伍。」

「嗯。還是在同樣的地方——」

蓮再次把眼睛移到接收器上。

「嗚咿？」

然後懷疑自己是不是看錯了。

那支小隊的光點，在依然顯示掃描結果當中，已經以極快的速度從住宅區中央往東北方移動了。

也就是我方即將渡過的橋的另一端。

「怎麼會……」

當蓮這麼呢喃時，拖車已經離開森林。

從即將渡橋的拖車貨架上所能看見的是橋的欄杆、其後方廣大的濕原地帶以及河川映照出天空的河川水面。

拖車的引擎聲與速度不斷增強，但巨大身軀與貨物實在太沉重。即使引擎發出怒吼，速度還是無法提升太多。

掃描顯示出我方的所在位置，光點的移動速度緩慢到即使把地圖放到最大都還看不太出來。另一方面，DOOM的光點則是以三倍以上的速度移動當中。

「可惡！這些傢伙不但找到交通工具，還準備伏擊渡橋的隊伍！」

坐在蓮旁邊的不可次郎恨恨地這麼說道。

Pitohui表示：

「沒錯。他們獲得交通工具，並且為了不論我們準備渡過哪條橋都能對應而在中央部分待機。所以現在正緊急趕往北邊的橋。這個速度的話……在過完橋之前就會被堵住了。」

橋的全長大概有2公里。

從地圖與光點的移動速度看起來，在完全過橋之前就會被繞到前方去了吧。這個時候掃描結束。包含蓮等人位置在內的所有光點都消失不見。

「順帶一提，這十分鐘內有四支小隊消滅了。全部在中央部。似乎進行過一場激戰。」

克拉倫斯這麼說……

「謝了。」

M感謝她的幫忙。

「妳倒是很貼心嘛。」

不可次郎這麼稱讚她……

「哎呀，就是有那麼誇張啦。」

克拉倫斯隨即露出燦爛笑容。然後……

「咦？獎勵的吻呢？」

「別得意忘形了。」

不可次郎以指尖鑽著克拉倫斯的臉頰。

「啊嗚啊嗚。」

即使如此，克拉倫斯似乎還是很高興。

拖車停止加速了。似乎是到達機械上，或者是設定上的最高速。

時速大約是80公里左右。在遼闊景色中跑在寬敞的道路上，給人一種很悠閒的感覺。

「嘖，搞砸了……早知道就自己一個人行動……」

在貨架邊緣轉身看向前方的夏莉露出明顯不高興的表情，克拉倫斯則是……

「怎麼這樣，不能捨棄同伴啦。要走的話也是我們兩個人。」

Pitohui把M的背包留在貨架上，以輕盈的身手爬上鐵柱。然後站在最上層……

「我就監視位置了。」

只見她直盯著前方看。

M的聲音從駕駛座傳了過來。

「敬告諸位——因為我的判斷錯誤而變成這樣，真的很抱歉。如果不看掃描直接開始移動，我們應該會在他們來到之前渡過橋梁。」

「有什麼辦法嘛。人都是會犯錯的。之後要記得請吃拉麵喲，知道了嗎？要加所有配料喲，還要續麵喲。」

不可次郎這麼說。M又繼續表示：

「敵人要是駕駛某種交通工具來到橋上，我會直接把他們撞飛。做好撞擊的準備。如果是在橋頭或者城市裡面伏擊，就一口氣衝過射界。妳們就趴在貨物上吧。這樣對方應該會不好瞄準。」

「等等！不論哪個選項，M先生都很危險吧？」

蓮以擔心的口氣這麼問道。

駕駛座在衝撞時會受到損傷，槍戰時也絕對會受到集中砲火。

而得到的回答是……

「我要是在此死亡，接下來就交給妳們了。」

Pitohui她……

「知道了。」

不可次郎……

「好喲。」

克拉倫斯……

「了解了。」

然後是夏莉……

「我就自己行動了。」

各人接連不斷地回答。

聽見她們這麼說的蓮……

「太過分了吧！」

獨自反抗小隊的意志。在將會延遲與SHINC對決的覺悟下做出這樣的提案。

「那我們回森林去吧！」

「蓮，妳什麼時候變成自然主義者了？」

沒有任何人回答不可次郎的問題。

「不可能。沒有讓這台怪物回頭的寬度。開始倒車或者徒步回去的話，看見這種情形的對手會以交通工具逼近。如此一來我們就沒有勝機了。」

「怎麼這樣……」

「嗯，那麼以打橫的拖車與貨物為路障，直接躲在橋上如何？這些鐵柱很堅固吧。」

克拉倫斯的提案……

「純粹防禦的話絕對不差，但是將會無法離開該處。被其他小隊從後面堵住的話，最後還是會全滅。」

「不行嗎～」

可惡。

這樣下去的話，將無法避免M先生的重傷或者是死亡嗎……？

當蓮咬緊牙根期間，拖車還是持續在橋上奔馳。現在應該已經過了一半。

蓮的視界裡，森林的景色逐漸變遠並且模糊。

酒場當中，最大螢幕上正橫向並排著兩個影像。

其中之一是以斜上方的角度捕捉到M所駕駛，後面與上方搭乘著女性玩家們的大型拖車。

由於是在橋上行駛，沒有輪胎和欄杆的移動的話，看起來甚至就像靜止一樣。

另一個是在住宅區大路上奔馳的摩托車。

六台摩托車在幾乎沒有障礙物，水泥表面出現裂痕的道路上跑著。

過彎時壓車的傾斜角度之大顯示出目前的速度之快。時速應該有150公里左右。

摩托車有些髒汙與生鏽，也加裝了大量意義不明的零件，總之就是經過瘋狂的世紀末風改造。

由於改造得太誇張，導致已經看不出作為藍本的原型，但是就排氣量來說，應該是

1000cc以上的重型摩托車。

騎乘的玩家全是男性。身上穿著簡單的全套綠色戰鬥服，武器和裝備應該是為了容易騎乘而全部收到倉庫欄裡了吧。目前看不見任何這些東西。

「『DOOM』小隊……那些傢伙要挑戰粉紅色小不點隊嗎……」

酒場裡，單手拿著裝有圓形冰塊的波旁威士忌酒杯，正在進行虛擬飲酒的男人丟出這麼一句話。這名中年男子貌的虛擬角色，身穿黑色皮衣，臉上留著鬍鬚，頭上則戴著牛仔帽，可以說是相當有男人味的打扮。

「你知道他們嗎？」

一名其他小隊的龐克頭男偶然跟他同席，於是就老實地詢問從剛才就一起同樂的他。

「嗯。」

「為什麼？」

「哎呀，這其實很簡單啊。預賽時我的小隊輸給了他們。說起來，他們是一支使用破天荒戰法的小隊。」

「喔喔！是什麼樣的戰法？」

「當然可以告訴你，但是『等著自己看』還是比較有意思喔。那些傢伙一直在等待強隊吧。順利的話，說不定真的會跌破眾人的眼鏡。」

「…………」

轉播畫面當中，六台摩托車接連停下來。

他們目前是在住宅區的外圍，一個大路互相交錯的路口。

越來越強的風，晃動著生鏽後快要掉落的道路導覽標誌。上面的文字寫著這樣的內容。

直行是機場。從這裡可以看到鐵網，網子另一側的遠方可以目視到模糊的高大管制塔。

左轉的話是高速公路。入口處用來限制車輛數量的時相沒有點亮，只是靜靜佇立在該處。

右轉的話是橋梁。近處可以清楚看見橋的欄桿以及從該處延伸的筆直道路。

男人們最後共同做出了決定。六個人互相看了一下臉龐並且點頭。接著摩托車後輪就整個打滑，在路面留下黑色痕跡後改變了方向。

在前輪幾乎翹起的緊急加速下，男人們毫不猶豫地往橋梁奔馳。

摩托車跑起來之後，他們立刻揮動左手叫出視窗。

裝備實體化後，光粒就纏繞到騎士們身上。三秒鐘左右變身就完成了。

看見這一幕的酒場觀眾，除了牛仔帽男之外都開始騷動了起來。

「那些傢伙……是怎麼回事……那種裝備究竟是什麼！」

「看到了！六台摩托車！正朝這邊過來！啊，現在停下來了。」

這麼報告的是蓮。

聽見M的覺悟後，蓮決定盡量完成自己能辦到的事，於是爬到貨架的貨物上方。雖然Pito-hui要蓮下去，但是她卻完全不肯就範。

蓮把愛用的單眼望遠鏡貼在右眼上，瞪著前進方向，也就是畫著橋梁消失點的地方。擴張到最大的視界比其他人都要快看見敵手。

橋的前端停著六台摩托車。蓮以單眼鏡測量距離後，顯示出1300公尺這個數字。

「摩托車嗎，很好。武器跟裝備呢？」

聽見M的問題後，蓮就把見到的直接回答出來。

「這個嘛……好像穿著護具。有點像T－S，但是更笨重，簡直就像裝甲板一樣。」

「…………槍呢？」

從氣氛就能知道M像是感到意外般語帶遲疑。

「這個嘛……沒有人拿槍喔。真奇怪。」

蓮直接把見到的呈報上去。而且是在無法相信自己眼睛的狀態下。

「什麼都沒拿……？」

以M為首的眾成員，頭上都浮現「？」的符號。蓮也搞不太清楚。接下來就要正面衝突的傢伙，為什麼手上會沒有武器呢？

對方全部騎著摩托車這一點，正如M剛才那句「很好」所顯示的，對蓮他們來說算是僥倖。因為我方是巨大拖車。衝撞的話對方根本不堪一擊。

但就算這樣還是沒有逃走的他們，絕對是有什麼對策才對。

M開口表示：

「要停車了。」

拖車的速度一口氣下降。由於不清楚對方的戰術，所以中止立刻衝過去的行動。

在橋上奔馳的巨大軀體，動作開始慢了下來。

「摩托車的行動很快對吧。是不是要閃開衝撞跟拖車擦身而過，然後才拿出槍來從後面發動攻擊？」

不可次郎的預測……

「那樣會被我們的射擊打成蜂窩吧。」

遭到Pitohui的否定。

「一點都沒錯。」

最後輪胎和車體發出摩擦聲，拖車就這樣停在橋的正中央。

「距離剛好1000公尺！」

蓮這麼報告。

現在兩支隊伍就這樣在一條橋上正面對峙。雙方都無處可逃了。

「露出屁股的話，就會被塞爆了吧。」

克拉倫斯這麼說……

「性騷擾發言？」

不可次郎就提出質問。

「不能再靠近一點嗎？」

夏莉看著抱在懷中的愛槍R93戰術2型狙擊步槍並且這麼說。

1000公尺要以一般7.62口徑的狙擊槍來狙擊敵人是相當嚴苛的距離。至少得再靠近200公尺。

但是M……

「知道對方的戰術之前，沒辦法再靠近了。」

卻這麼說來駁回她的要求。

「還沒有拿出武器嗎？」

蓮表示：

「還沒！應該說完全沒有要拿出來的樣子！一直看著我們這邊！裝甲板像能面具一樣，感覺很詭異！」

「怎麼回事……把我們擋在這裡就是他們的作戰嗎？」

M如此自問的瞬間。

「啊！一台有動靜了！高速往這邊衝過來！」

「其他的呢？」

「只有一台！好猛的加速！」

蓮旁邊的Pitohui雖然把KTR－09抵在肩上，但是要射擊還是太遠了。

「我來吧？對方靠近的話就能射擊了。」

夏莉雖然表達攻擊的意願，但是M沒有回應提案……

「所有人下車！」

只是以未曾有過的巨大聲音這麼大叫。

「咦？為什麼？為什——嗚哇啊啊！」

蓮搞不懂這個命令的意義，在反問M的途中就被旁邊的Pitohui從旁踢飛出去。那是絲毫不留情的一擊。

從高4公尺的貨物上突然被踢飛到道路上……

「呀啊啊——！」

即使如此，敏捷度相當高的蓮就像貓一樣順利地在空中調整姿勢。由腳落地之後，就順著從旁被踢飛的勢頭不停旋轉……

「咕噁！」

最後在背部撞上欄杆的情況下停了下來。

雖然是足以讓人擔心是不是會減少ＨＰ的衝擊，不過看來是平安無事。

把蓮踢飛的Pitohui跟在後面從貨架上跳下來。即使抱著槍還是輕鬆地擺出受身姿勢，緩和了落地的衝擊。

看了一下後側，不可次郎與夏莉已經從貨架上下來，把M的背包踢落的克拉倫斯也跟在後面。

幾乎同一時間，拖車就朝空中吐出黑煙並且開始移動。原來是M開始駕駛沒有人坐在貨架上面的拖車。

「咦？等等啊，M先生！」

蓮開口大叫，但沒有得到回答。

這時Pitohui來到她眼前……

「到底是怎麼回事？」

即使蓮開口對她這麼大叫……

「糟糕……希望能來得及……」

她也只是這麼呢喃，並且扭曲刺青的臉龐。

這時就蓮也發現遇到某種非常不妙，也就是極度危險的狀態，但詳細內容則是完全不清楚。

M把油門踩到最底端。

拖車開始宛如烏龜般的加速。橋的前方可以看見小小的摩托車。然後立刻逐漸變大。

某種程度的加速告一段落後……

「來得及嗎……」

M先把方向盤緩緩往右轉，然後再以猛烈的速度往左轉。

像這樣的拖車，要是緊急改變方向盤的話會有什麼結果。

現實世界絕對不能夠真的這麼做。

前方的曳引機部分往左的下一刻，後面堆積了數十噸鐵柱的掛車就筆直地往前進。

前後的連結部分扭曲，整個車體急速往左邊旋轉。輪胎發出白煙與悲鳴，巨體整個彎曲。

M所乘坐的拖車的引擎蓋衝破欄杆飛到空中，但是沒有掉落到橋下。貨架部分則趁勢直接前進——

但是拖車先是失去平衡，然後開始往右傾倒。

「嗚哇啊……」

蓮看到了。

加速離開的拖車，在200公尺左右前方變成傾斜狀。

「看，Pito小姐！那個翻覆了！」

「那就是他的目的！順利成功了！不愧是M！」

「咦？」

拖車的輪胎橫越過空中。

巨軀完全傾倒，讓現場籠罩在多種噪音當中。

滋噗轟哇！

驅動輪空轉造成引擎轉速狂飆的聲音。

轟咿嗯！

貨架部分猛烈撞上地面，敲打厚實水泥的聲音。

轟隆隆嗯嗯！

車體框架與圍欄發出鐘一般的響聲。

噗噗噗噗噗噗噗嘰！

固定貨物的鋼絲不停斷裂的聲音。

滋嘎啦啦啦啦啦！

鐵柱散落到地面上的聲音。

這些聲音像管弦樂團般綜合起來……

滋噗轟咿哦哦哦噗噗嘰噠啦嘎啦啦啦啦啦轟哇啊哦嗯！

變成宛若槍聲般的巨響震撼著整個世界。

實際上橋梁就因為衝擊而晃動……

「嗚喔喔。震度二或三吧。」

誘使不可次郎做出這樣的預測。

拖車側翻之後也噴灑出火花繼續前進了一些。車體下側許多的車輪、聯結車輪的輪軸、梯子般的框架形狀都看得一清二楚。

車體與散落的鐵柱完全阻塞住道路……

「希望這樣能夠抵擋住……」

Pitohui的聲音讓蓮出聲詢問。

「擋……擋住什麼？」

酒場的影像最能夠顯示出目前的狀況。

那是從斜上方，也就是所謂空拍所顯示的影像。

一台摩托車筆直地從反方向高速朝著急速前進後側翻，完全橫躺在橋上的拖車衝去。

駕駛的是身體和頭部纏著厚重裝甲板般護具的男人。

護具和T－S身上的不同，背部完全沒有防護。防禦的就只有前面的部分。

男人背上有個巨大的背包，就像M的背包那樣整個凸出身體之外。

在酒場觀眾吞著口水注視之中……

「上吧。」

戴牛仔帽的男人小聲地這麼呢喃。

宛如箭一般迫近的摩托車，在撞上散落道路上的鐵柱之前——

坐在上面的男人就爆炸了。

首先是從腳下傳來的震動搖晃著蓮……

「咦？」

橫躺的拖車後方產生的衝擊波擊打耳朵……

「咦咦？」

最後越過車體的爆炸強風把蓮嬌小的身體整個往後吹。

「嗚呀啊啊啊啊啊啊啊啊啊！」

酒場的觀眾確實看見了那場大爆炸。

充滿整個畫面的橘色火焰，以及交纏在火焰外圍的白色球體。這是衝擊波改變了空氣的密度後，壓縮水蒸氣創作出來的瞬間藝術。

衝擊波往四面八方自由地竄動，交雜著紅蓮之火與黑煙的惡魔臉龐般球體就誕生於衝擊波之中。

然後全體變成灰色煙霧往空中升起。

揚聲器重現了爆炸聲，巨響甚至連酒場的玻璃與窗戶都產生晃動。

「嗚咿咿咿！」

「哇！」

「噗哈！」

好幾名觀眾被聲音嚇得縮起脖子。

整個畫面籠罩在灰色煙霧當中，再也看不見任何東西。

數十秒後，煙霧緩緩散去——

剩下來的是焦黑的橋面、完全被轟飛的左右欄杆、幾根扭曲的鐵柱、被往後推10公尺左右的拖車車體，以及高高昇起的巨大蘑菇雲。

筆墨難以形容的大爆炸。

跟GGO裡手持武器最強的大型電漿手榴彈，通稱「巨榴彈」的爆炸相比，不對，應該說完全不能比的超巨大爆炸。

但是從沒有伴隨著藍白色電漿奔流，就能知道這只是普通的爆炸。

「那是什麼啊啊啊啊啊啊啊啊啊！」

酒場的叫聲……

「正如諸位所見，就是爆炸喔。不對，因為伴隨著衝擊波，正確來說是『爆轟』吧？嗯，日文的話兩者沒什麼分別嗎……」

牛仔帽男做出這樣的回應，然後又繼續對茫然的觀眾說：

「看到他們揹著的巨大背包了吧？那裡面應該裝滿了高性能炸藥。」

「難……難道說……這就是攻擊方法？」

「沒錯。他們ＤＯＯＭ的裝備是只有前方的護具，背上則是炸藥。也就是說，他們所有人都是『自爆攻擊兵』。」

「嗚……嗚咿？」

當蓮回過神來的時候……

「嗨，還活著嗎……？」

不可次郎的臉就在她旁邊。

以背包做支撐，整個人仰躺的不可次郎，嬌小的蓮就直接趴在她嬌小的身體上，兩個人幾乎要接吻了。她們正處於淡淡的煙霧當中。

「算是吧……雖然腦袋昏昏沉沉……」

「喂，真是難以置信的大爆炸。蓮真的就像是樹葉一樣被吹飛到這裡來喲。我沒接住妳的話，妳就要自己一個人先回森林了。」

「嗚嗚，謝謝……」

蓮緩緩起身來確認自己身體的狀況。幸好以肩帶掛著的Ｐ９０還在身邊。

但是愛用的單眼望遠鏡就不見了。說起來，可能被Pitohui踢飛時它就從手上飛出去了。如

果是這樣那就是在橋下了吧。

對失去單眼鏡感到懊悔也沒有用。蓮開始確認自己的ＨＰ。受到足以將人吹飛到數十公尺外的衝擊，ＨＰ當然已經減少了，但也只有一點點，大概是５％左右吧。

順便也確認其他隊員的情況，女孩子們全都平安無事。

「Ｍ先生呢！」

蓮對於Ｍ的死亡已經有所覺悟。他原本就待在最靠近爆炸的地方。

結果ＨＰ條竟然還是全滿。知道Ｍ完全沒有受傷後……

「呼……」

放心的蓮就大大地鬆了一口氣。

「我……沒事……」

Ｍ的聲音雖然微弱，但還是透過通訊道具傳了過來。

「彈出駕駛座後，就跳到橋下的濕原地帶了吧。因為爆炸的旋風不會衝到底下。」

邊說邊這麼靠近的是Pitohui。她對著Ｍ問道：

「那麼，你狀況如何？可以上來嗎？」

「沒辦法……到脖子為止幾乎都陷到泥裡了。希望等一下能把我拉上去。」

「那你就在那裡等一下吧。」

「知道了……」

聽著M聲音的蓮，視界旁邊……

「剛才那是什麼……」

「爆炸嗎……可惡！」

克拉倫斯和夏莉拿起各自的武器站了起來。

Pitohui則開口說：

「各位，現在立刻爬到拖車上！下一波攻擊馬上就要來了！」

「妳……妳說下一波……？」

尚未理解狀況的蓮提出這樣的問題。Pitohui把臉朝向她，以很開心般的笑容回答：

「自爆兵喔！因為還有五個人啊！」

「即使開始殺戮的預賽，那些傢伙也完全不發動攻擊，我們當然會覺得奇怪……」

酒場裡，周圍的視線完全集中在他身上的牛仔帽男以沉穩的語調開口說道。

「大家都知道預賽的戰場是為了能夠迅速分出勝負的長形。那裡是岩石戰場，有許多遮蔽物，但對方完全沒有開槍，得意忘形的我們就靠了過去。然後在中央附近——」

男人說到這裡就先閉上眼睛。

沒有人知道他是故意這麼做來耍帥，還是真的跟當時的恐懼與悔恨戰鬥。

「一個人，那些傢伙只有送一個人到前線來。突然從岩石後面出現，以護具防衛著我們的子彈，像要抱過來的殭屍一樣，只是拚命往我們這邊衝——」

「突然就爆炸嗎……」

「嗯。就像剛才那樣自爆了。光是那樣就讓我們的小隊全滅，在預賽中落敗。之後調查了一下，得知爆炸的殺傷範圍，半徑有50公尺。這段距離內如果沒有堅固的掩蔽物，就會因為衝擊波的傷害而立刻死亡。就算距離70公尺也很危險。」

過於強大的力量，讓觀眾們的臉色為之一變。

「小蓮他們是因為鐵柱和拖車堅固的車體才能得救嗎……」

「嗚咿……這攻擊方式太惡毒了吧……」

「但很有效果對吧？一個人的死亡就能轟飛數名敵人喔……」

「但絕對不可能獲得ＳＪ的優勝吧？」

「嗯。即使如此，那些傢伙能夠在裡打倒ＬＰＦＭ的話——」

四名女性玩家朝著拖車跑去。

「妳說自爆攻擊！真是下流的手段！」

憤怒的夏莉身邊……

「把炸彈射入敵人體內的妳沒資格說啦。」

克拉倫斯很開心般這麼回答。

「原來如此，就是這樣才會以一台摩托車衝過來嗎～真虧M先生和Pito小姐能立刻發覺耶。」

不可次郎感到相當佩服。

自己絕對會死亡的行動。

蓮仍然想著這究竟算是攻擊還是作戰——

「嗯，GGO本來就什麼都可能發生嗎……又不是現實世界……」

想到這裡是遊戲世界，而且也算是他們思考出來的方法也就不生氣了。

更重要的是，為了跟SHINC戰鬥，必須盡全力在這個虛擬戰場存活下來才行。

老實說，蓮他們現在的狀況很不妙。

一個搞不好，可能會出現隊上的女性全滅，只剩下無法活動的M活下來這種跟剛才的預測完全相反的結果。

在蓮的率領下，四個人抵達側翻的拖車處。利用輪胎、車軸與框架等車體底下的構造爬上2．5公尺左右的高度。

然後只從上面露出臉來窺看橋的前方。這時煙霧已經完全散去。

爆發的遺跡就像是打翻了墨汁一樣一片焦黑。左右的欄杆也消失無蹤了。

從貨架上散落的鐵柱完全阻塞了道路，往爆發地點靠近的話，可以看到彷彿捏糖般扭曲或者寸斷的鐵柱。

就是因為拖車側翻撒下這些「貨物」，摩托車才無法繼續靠近，對方只能在那個時間點自爆。拖車的車體上還躺著好幾根鐵柱，而這也變成了防護。

M的決斷讓大家免於全滅。

沒注意到對方會自爆而衝過去，或者是與對方錯身而過的話，現在所有人可能已經蹲坐在待機區域裡面了。

但還是完全無法安心。

接下來每爆炸一次，能夠用來抵擋的鐵柱就會不斷地減少吧。最後可能連拖車的車體都會遭到破壞。這些物體真的能夠撐過五次那樣的爆炸嗎？

「過來嘍！」

透過瞄準鏡窺看的夏莉這麼大叫。

其他三個人的眼睛也開始看到第二台摩托車。目前仍像豆粒一樣小，距離大約是500公尺。

「哇哈哈！蠢貨！飛入火裡的Summer insect啊！嘗嘗體現吾之憤怒的紅蓮火焰吧！來，把敵人燒盡吧！40毫米槍榴彈！」

隨著奇怪詠唱而開火的是不可次郎。

啵啵啵啵啵啵。

朝距離400公尺處怒濤般連續發射6發普通槍榴彈。

不論什麼地方都能用槍榴彈轟炸的不可次郎。攻擊的時機相當完美。摩托車來到那個地點時，槍榴彈將連續著彈並且爆炸才對。

但是……

「哦？」

在能看見彈道預測線的狀態下，要避開呈拋物線的槍榴彈攻擊實在太過簡單了。

DOOM的男人放開油門緊急煞車，鎖住的後輪輪胎在道路上畫出黑線並且順利停下。在距離遙遠的前方連續發生六次爆炸——

淡淡煙霧散去後，摩托車立刻再次跑動。

「搞屁啊，子彈可不是免費的好嗎！」

不可次郎因為奇怪的點而憤怒。

「去死吧……」

夏莉扣下愛槍的扳機。

雖然是動作迅速的無線狙擊，但還是被對方識破了吧。男人只是稍微傾斜摩托車，子彈就穿越空無一物的空間。

之後他就不再筆直前進而是切換成細碎且隨機的迴旋曲折前進，利用整條路的寬度來迫近目標。雖然平凡無奇但對付狙擊相當有效果。

「可惡！」

夏莉雖然高速再次裝填，但是沒有發射下一發子彈。不可次郎這時開口說：

「喂喂，怎麼了，沒子彈了嗎？」

「沒用的。而且這很貴。」

「唉……戰場上別這麼小氣好嗎～」

「妳這傢伙沒腦袋嗎？」

「兩位是忘記三十分鐘後子彈就會完全回復嗎？」

克拉倫斯如此表示。

當摩托車迫近到３００公尺處時……

「死傢伙！」

Pitohui開始了KTR－09的全自動射擊。

她強韌的肌肉抑制了反作用力，空彈殼不斷飛舞到空中，掉落到地面後發出嘰哩嘰哩的聲音。發射出去的子彈以馬赫的速度往前飛行。

但就算是Pitohui的連射也很難捕捉到仍在遙遠位置隨機搖晃的目標，而且也因為無論如何都會出現的彈道預測線而被對手躲開。就在沒有子彈命中對方的情況下，彈鼓內的殘彈不斷減少。

經過五秒鐘以上，發射將近60發子彈後，火線終於捕捉到目標，從摩托車以及敵人身體上爆出了盛大的火花。

護具雖然可以防彈，但是摩托車就撐不住了。子彈把前輪的橡膠扯飛，讓輪胎完全崩壞。不停震動的摩托車在高速下翻倒。摩托車與騎士就快速地分開了。

「成功了！」

蓮高速輕握拳頭擺出勝利姿勢。

摩托車直接撞上欄杆，原本就看起來破爛的東西這下子真的完全變成破銅爛鐵了。

但是騎士倒是平安無事。護具一邊摩擦著道路一邊滑行的他，迅速站起身子後，開始以自己的雙腳來全力衝刺剩下的150公尺左右的距離。

「不會吧！」

實在是太執著了。這是只能進行一次的，名符其實的賭命攻擊。應該提升過敏捷度了吧，男人的腳程相當快。

「別過來，變態色情狂！」

克拉倫斯以AR－57的全自動射擊瘋狂開火。

它就跟蓮的P90同樣，發出聽起來像沒有中斷的高速發射聲。M16的話，空彈殼會從插入彈匣的孔洞往下方排出。

連射出去的子彈確實猛烈地擊中男人，但是全部都被護具給彈開。甚至沒辦法讓他減慢速度。

啊，這根本沒用……

蓮察覺用同樣的子彈攻擊根本沒用，所以完全沒有開槍。當Pitohui在交換彈鼓期間……滋喀嗯。

從旁邊發出轟聲的是夏莉的R93戰術2型狙擊步槍。

這把以防火帽來往側面排放氣體的槍械，就將氣體朝站在兩旁的人吹去。蓮的帽子因此晃動了起來。

雖然打不中遠方的摩托車，但逼近的人類就能輕鬆命中了。

命中腿部的開花彈在該處爆炸，在無法擊破護具的情況下把衝擊傳遞到敵人身上。

距離拖車，也就是蓮她們的距離剩下60公尺，男人這時失去平衡倒了下去。趴下的他露出背部……

「快下來！」

Pitohui的命令之下，四個人就從刻意爬上去的拖車上方跳下來。

當蓮她們一起跳向空中，倒地的男人也同時拉下自爆按鈕的繩子。

就算第二次的爆炸不像第一次那麼驚人……

「嗚哇！」

造成的衝擊波還是同樣強大，整個世界為之搖晃，拖車又稍微被往後推去。車體與路面摩擦發出刺耳的聲音，在混合了爆炸聲之後擊打著耳朵。幾根鐵柱因為衝擊而飛上天空，最後掉進濕原地帶。

遲了一會兒後周圍就被爆炸的煙幕壟罩，把原本就開始變陰天的天空完全遮蔽住。爆炸引起一陣劇烈的強風。世界像是一瞬間就切換成灰色的煙霧。

在爆炸聲與煙幕籠罩下……

「咕哈啊！真是個擾人的惡鄰居！」

不可次郎感到很火大。

「不過！撐過第二個人了！這下子那些傢伙也不敢隨便進攻了吧？」

蓮天真的預測……

「嗯……我的話就會趁這陣煙幕消散的同時，剩下來的四台摩托車一起衝過來。光是一個人就如此辛苦了，四個人一起的話就無法對應了吧。」

被克拉倫斯冷酷地否定了。

她說的相當有道理……

「…………」

蓮完全無法回話。

「沒辦法了。要發射保留起來的藍色傢伙嗎？怎麼樣？」

剛才所有槍榴彈都落空的不可次郎，在蓮身旁近處露出燦爛的微笑。

「對喔！如果是電漿手榴彈彈頭的話！」

蓮頓時有種從暴風雨的烏雲縫隙中看見陽光的感覺。

連續發射傷害範圍廣大的電漿手榴彈，讓其在整條道路上連續爆炸的話——

「不行喲，不可小妞。電漿手榴彈會物理破壞效果範圍內的物體吧。妳是想把好不容易撐下來的橋面炸飛嗎？如果只是不能渡河也就算了，橋墩的範圍相當寬廣，說不定連我們這邊都會掉下去喲。」

啊啊，不行嗎！

蓮看見的太陽光似乎是雷光。

「那該怎麼辦呢！」

「這下子……那些傢伙贏定了吧？」

酒場內有人已經確信蓮他們將會落敗了。

由於煙霧尚未消散，所以四台摩托車仍處於待機狀態，等放晴後就一口氣接近，途中捨棄摩托車，分散開來靠進——

「只要有一個人能夠越過拖車然後自爆！」

「行得通！加油啊，ＤＯＯＭ！」

「上啊上啊！」

在熱絡的氣氛當中，其中一名觀眾以傻眼的表情表示：

「你們幾個明明到剛才都還專心地為小蓮他們加油……」

「能夠以小搏大的話，其他什麼都不重要啦！」

「真是的，觀戰者真的很任性呢……」

「哼，那你又如何？老實說說看啊？」

「我也想看啊！超想看見小蓮他們在這個地方落敗！」

「對吧？」

牛仔帽男沉穩地喝了一口波本酒……

「我玩GGO很長一段時間了，都沒有想到這個作戰……這是漂亮地活用了遊戲特性的弱點攻擊……『DOOM』小隊——真的如同小隊名一樣，是體現了『毀滅』的恐怖傢伙……」

然後舉起酒杯，對畫面中跨坐在摩托車上，準備主動前往尋死的四個人……

「乾杯……」

雖然是大玩乾杯與完敗的同音大叔玩笑（譯註：此指日文發音），但是完全沒有人聽出來。

SJ的戰場內，橋梁上面。

DMMO小隊跨坐在瘋狂摩托車上的男人們，正進行著最後的對話。

「贏定了！接下來就大家一起衝過去吧！」

「OK！我們可以贏！這真是令人期待！」

「沒想到我們可以打倒優勝隊伍！」

「玩了那麼久的摩托車遊戲總算值得了！真的很幸運！」

以護具包圍身體，背上揹著炸彈的他們其實相當天真無邪。而且有一種稚嫩的感覺。

其實也難怪會這樣。因為這支小隊的玩家全都是國中三年級的學生。

他們是就讀於同一所私立知名國中，而且是名為「大家好！歡迎來到電腦異世界！」的同好會成員。如果知道這就是DOOM的語源，酒場內的男人們不知道會說些什麼。

由於是直升型態的學校，所以不必在意學測的他們就迷上了VR遊戲，是打著研究的名號享受各種遊戲的國中生好友小隊。順帶一提，他們每一個人的家境都相當富裕。

至今為止，他們已經將角色轉移到好幾個VR遊戲裡面。一直到最近才來到GGO這個世界。理由是得知有以小隊參賽的SJ存在，所以想要嘗試看看。

「挑戰剛轉移過來什麼都不懂的新人小隊可以奮戰到什麼地步！」

他們訂下了這個目標。

由於所有人都是從其他遊戲轉移過來，所以各個角色的基礎能力都算高，但是不具備GGO特有的射擊技能、知識以及強力槍械的他們，甚至連突破預賽都很困難。

但他們還是沒有放棄。

看了SJ的影像，絞盡腦汁後所想到的是大爆炸自爆大作戰。稍微投入一些現實世界的金錢，買了大量的護具材料與炸藥。

所以他們沒有任何槍械。

在無聲無息消散的煙幕當中……

「該怎麼辦才好該怎麼辦才好……」

可以看到只懂得慌張的蓮以及……

「只能盡量拚拚看了。一定要成功！怎麼能在這種地方輸掉呢！」

再次靠近拖車的夏莉還有……

「沒錯。繼續瘋狂射擊吧。反正子彈會完全回復。」

總是保持積極進取的克拉倫斯與……

「接下來用手槍來攻擊吧？」

只有幹勁不輸給人的不可次郎。

嗚嗚，可惡！不能示弱！

戰意輸給同伴們的蓮，因為感到羞恥而咬緊嘴唇。

然後利用所剩不多的時間死命地思考。

該怎麼做才能阻止高速迫近的四台摩托車，還有不讓大爆炸的四個人炸開呢？

這時Pitohui……

「…………」

就從旁邊看著這樣的蓮。

蓮持續思考著。

該怎麼做才能阻止以高速逼近的四台摩托車，以高速逼近、以高速逼近、以高速……高速……

「啊！」

蓮的內心突然靈機一動。

腦袋浮現出作戰以及完成作戰需要的道具，尋找擁有該樣道具的人後發現她就在身邊，而且雙手拿著某樣東西。

兩隻手各拿著一根銀色筒子。

「啊哈哈！不愧是Pito小姐！」

這就是蓮想要的東西了。

她朝著銀筒伸出雙手，確實把它接過來。

「那我去去就來！」

「要上嘍！」

「好！」

「了解！」

「突擊～！」

DOOM的四個人以右手將油門催到底，左手釋放離合器。四台機車一起開始加速。

「別靠得太近！但也不能離太遠！」

領頭者這麼說完，其他三台機車就依序拉開50公尺的距離。為了能看見前方，各自將行駛的路線往旁邊錯開一些。

摩托車的加速力十足，一瞬間就達到時速180公里。想再往上的話，限速器似乎就會產生作用了。

距離敵人剩下400公尺。

這個瞬間，從拖車上方產生了拋物線狀的彈道預測線。而且還一次六條。

「榴彈要來了嗎？」

當男人們想要減速的瞬間，預測線就變低了。從拖車上方降到100公尺左右的位置，然後立刻從根源開始消失。

逐漸消失就表示槍榴彈已經發射。那是命中我方的機率等於零的莫名其妙攻擊。

「搞什麼……?」

「誰知道……」

即使一邊對話，男人們也沒有降低速度只是持續奔馳。

然後在領頭者接近到300公尺的瞬間，6發槍榴彈就擊中200公尺前方處。炸裂的同時，一股黑色煙霧便油然升起。

「原來如此！是煙幕！」

「沒關係！立刻會散開！衝進去！」

前進速度維持一秒50公尺的四台摩托車，以及四名自爆兵就這樣朝著煙幕以及後方的敵人衝去。

剩下200公尺。

「嗯?」

他們看見了某樣物體待在槍榴彈煙霧散去的道路前方。

粉紅色小不點從道路正中央朝著我方猛衝過來。

「這條路禁止通行啊啊啊啊啊啊啊啊啊啊啊啊啊啊啊啊!」

蓮一邊放聲大叫一前全力奔跑。

不可次郎的槍榴彈攻擊製造出來些許煙幕的期間，她就從拖車後面跳下來跑過１００公尺以上的距離。

距離摩托車還剩下９０公尺。

「什！咦？奇怪？」

領頭的摩托車一瞬間無法辨識高速衝過來的粉紅色物體是什麼。啊，是人嗎，雖然知道是敵方小隊，但這次換成搞不懂對方的意圖以及不拿槍就衝過來的意義。

我方的時速是１８０公里，蓮的時速大約是40公里。合計２２０公里的相對速度。

再一秒半就要錯身而過的時間裡，男人思考著。

現在在這裡自爆的話，只能幹掉那一個人而已。先無視這個傢伙吧。直接高速通過她的身邊。

從蓮的雙手上伸展出藍白色，宛如幽靈一般的光刃。

Pitohui交給她的村正Ｆ９，其90公分的劍刃在空中閃閃發亮——

蓮稍微改變奔跑的方向，朝筆直衝過來的對象脖子的位置，靜靜地伸出從左手延伸出去的光線。

頭顱就連同護具一起飛了出去。

「好，下一個！」

蓮停止奔跑了。兩腳的靴子底部摩擦水泥後揚起一陣煙塵。

像停靠到航空母艦上一般停下來的同時，蓮就發揮己身所有的敏捷度以超高速往旁跨出腳步。亦即稍微往旁邊移動。

第二台摩托車經過她旁邊時……

「喝！」

蓮在躍起的同時溫柔地伸出右手。

結果稍微失手了。以時速180公里衝過來的騎士，其肩膀、肩胛骨附近被光刃砍中。

光劍沒有受到任何抵抗就穿透過去，直接讓他變矮了一截。

第二個人立刻死亡的瞬間，變成無頭騎士的第一台摩托車就撞上鐵柱翻倒在地。

「啥？」

「啊啊！」

第三台與第四台摩托車清楚地看見剛才發生的事。

飛出來的粉紅色小不點揮舞雙手的光劍，輕輕鬆鬆斬殺了兩名同伴。

第三台的男人快速叫著：

「我避開那個傢伙！你把她一起轟飛吧！」

「交給我！」

兩個人瞬間做出最佳的判斷，第三台摩托車轉向右邊，跑到道路最邊緣來避開蓮。

在即使蓮再敏捷也攻擊不到，而且也追不上的時機下錯身而過……

「嘿嘿！」

一邊看著以憤恨眼神看著自己的蓮一邊經過她身邊，男人便相信自己已經勝利——

「飛蛾先生歡迎你！」

結果就被不可次郎的槍榴彈以幾乎水平的角度直接轟中。

如果他不看著蓮，或許就會注意到粗大的彈道預測線了吧。或者確實迴旋曲折地前進，就能夠避開這記攻擊了。

就連男人身上的護具，也無法承受40毫米槍榴彈的直擊。

護具與胴體被炸得四分五裂，男人還來不及自爆就立刻死亡了。

「可惡啊啊啊！」

ＤＯＯＭ的最後一個人，看見視界邊緣的伙伴被轟飛後，被迫在一瞬間做出決定。

是按照死亡的同伴所說的把眼前的小不點炸死——

還是為了牽連更多人而衝向拖車呢？

他做出了決定。一邊瞪著以猛烈速度追上來的粉紅色小不點……

「就是妳！」

左手離開操縱桿，並且握住連結背上背包的小繩子。

「快跳！」

聽見Pitohui尖銳的聲音，蓮就跳了起來。

踢向橋的路面，往右側10公尺下方的溼原地帶跳躍。

「嗚呀啊啊啊！」

落下的蓮身體在低於橋梁路面的瞬間，衝擊波就從側面襲擊過來並經過她的頭上。

果然還是只有酒場的觀眾們才能看見整個過程——

第一與第二個人被蓮揮舞光劍砍死，第三個人被槍榴彈直接轟中，第四個人在蓮旁邊造成大爆炸……

「啊啊啊啊啊！真可惜！」

蓮在千鈞一髮之際從橋上躍下，沒有被衝擊波捲進去就掉落下去了。在河川裡濺起小小水花，當爆炸的煙幕變成香菇雲時才終於浮出水面。

「可惡啊啊啊啊啊啊啊啊啊啊啊啊啊啊！」

牛仔帽男發出靈魂的吼叫聲。

同一時間，五個人在死者能夠悠閒待十分鐘的待機區域裡迎接第六個人。

「啊～你也失敗了嗎～」

「抱歉。差一點就要成功了。」

「果然是曾經拿過優勝的人……太強了。」

「嗯，真的很強。他們是強敵！真的很有趣！」

「那就來幫忙加油吧！」

「說得也是！加油啊，粉紅小不點！」

DOOM的男人們全都露出爽朗的笑容。

SECT.6

第六章　背叛與信賴

「噗咿咿咿……」

當渾身濕透的蓮從河川裡爬上來，落湯雞般走在小腿陷入泥巴當中，草一直長到胸口位置的濕原地帶時……

「成功了呢！蓮！」

不可次郎的聲音就透過通訊道具傳了過來。

「嗯，成功了喲。啊～累死了～謝謝妳的援護射擊～」

心愛帽子的耳朵因為潮濕而無力下垂，瀏海緊貼著的臉上露出精神疲憊的表情，但嘴角還是帶著笑意。

順帶一提，在GGO裡頭濕濡的身體與服裝不久後就會迅速變乾。曾幾何時，帽子上的耳朵已經跟原來一樣了。

蓮看了一下手錶，目前還只是十二點三十四分。從掃描到爆衝再到對決，真的是非常緊湊的四分鐘。

「不愧是小蓮！那麼疲憊的妳就順道找一下被埋在某處的M吧？然後利用橋的左側回來。啊，是我們這邊看去的左邊喔。」

「我也要拜託妳……」

「了解了！」

Pitohui又繼續做出指示。

「不可小妞重新裝填好子彈後就警戒怪物。出現的話就把牠揍死。」

「好喲。」

「克拉小妞可以幫忙調查一下躺在地上的摩托車嗎？檢查是不是還有燃料、離合器桿有沒有斷掉、駕駛桿是不是不管用了。還可以騎的話就用腳架把它架起來。」

「咦？但是我根本不懂摩托車……離合器之類的是什麼東西……？」

克拉倫斯難得以不安的口氣這麼說道，結果夏莉就……

「那就讓我來檢查吧。妳去幫忙把M救出來——Pitohui，有繩子嗎？」

「有喲有喲，謝啦！」

蓮在泥濘裡朝著M的方向前進，然後一邊聽著同伴們的對話一邊想著。

啊啊，能夠保護大家真是太好了。大家都平安無事真是太好了。

話說回來，他們真是前所未見的恐怖敵人。

蓮採取的是風險相當大，說不定連自已都會死亡的作戰，但是託同伴確實輔助的福，總算在幾乎沒有受傷的情況下贏得勝利。

即使是辛苦的戰鬥，獲得勝利之後就會變成自信。

好了，等著吧！老大！還有ＳＨＩＮＣ的各位！

蓮看著天空舉起拳頭，隨著決心加快腳步……

「停下來！」

差點就把Ｍ的頭給踢飛了。

「耶嗯呀咚～咚！耶嗯呀咚～咚！」

「不可，那是什麼叫聲？」

「嗯，我也不是很清楚。」

橋上面已經開始拉起Ｍ的作戰。

那是在側翻的拖車旁邊，以夏莉所持的登山用繩索綁在整個人陷入泥裡的Ｍ肩膀上，然後用欄杆取代固定滑輪來把人拉上去的作戰。

出力拉人的是蓮與夏莉之外的成員。至於剛才很輕鬆就被拉上來的蓮，則是單手拿著小刀警戒著快要出現的怪物。時間是十二點三十六分。

夏莉檢查摩托車，把還能騎的一台立起來。那是蓮第二個砍死的男人所留下的摩托車。操縱桿雖然有點彎曲，但是要駕駛應該是沒問題。

然後夏莉又從最先被斷頭的男性屍體——不過目前已經恢復原狀，身上閃爍著「Dead」標籤的傢伙背上把背包扯下來。在屍體消失前掉在地上的道具都可以占為己有，所以這應該可以使用才對。

「耶嗯呀咚～咚！耶嗯呀咚～咚！」

要把原本就很重，現在還整個卡在爛泥裡面的M拉起來真的很辛苦，但不愧是筋力值相當高的Pitohui與不可次郎，M很快就脫身而出。再來就只要緩緩往上拉十公尺就可以了。

「現在把手放開的話，事情會變得很有趣喲。」

「不可，別那樣！」

耶嗯呀咚～咚、耶嗯呀咚～咚。

最後M終於來到橋梁上方，他的手直接就抓住欄杆。

「謝謝大家。」

M迅速開始往上爬。

身體和M14・EBR都是泥土而且還濕透了，於是M就扭動身軀，結果泥土就豪邁地往周圍噴灑。而GGO就是這些都會在不知不覺間乾掉並且恢復原狀的遊戲。

只見Pitohui走向扭動手部迅速收起繩索的夏莉……

「謝謝妳啦。看妳收繩索的動作非常熟練。是經常使用它的人嗎？」

Pitohui雖然這麼向她搭話，但是夏莉卻無視其發言。雖然沒有使用「現實世界裡」這幾個字，但是Pitohui絕對是在問這件事。真是一點都不能大意。

夏莉把繩索收進倉庫欄，然後拿起腳下的R93戰術2型狙擊步槍。接著交換彈匣、反覆操作槍機。最後用手抓住飛到空中的開花彈。

時間來到十二點三十七分……

「出現了！空中！」

蓮出聲了。以六個人為中心的上空3公尺左右，開始有光粒聚集起來。系統判斷他們已經在這裡待超過五分鐘，於是派出了偵察怪物。如果待在無法裂開的地面，似乎就會從空中出現……

「降落之後就幹掉牠。」

蓮靠近到正下方，迅速把拿著小刀的右手往後拉。

花了三秒鐘左右形成的是有著凶狠眼神的無尾熊怪物。完成的瞬間粒子就消失……

「好了，回森林去……」

蓮計算撕裂對方的時機……

「抱歉。」

滋咚嗯。

夏莉隨手開槍射擊。

從R93戰術2型狙擊步槍發射的普通彈頭，貫穿無尾熊的胴體後消失在空中，而無尾熊則是變回光粒。

「咦？」

蓮眨了眨眼睛……

「喂！妳搞什麼飛機！不能開槍射擊吧！」

不可次郎是怒氣沖沖。

夏莉立刻轉身，以肩帶把愛槍掛在身體前面，然後跑向剛才自己立起的摩托車。輕盈地跨上後，按下電動起動裝置鈕來發動引擎。

「過來！」

「好喲！」

回答的是克拉倫斯。

拿起放在地上的炸藥背包並且揹到背上，然後跨坐到夏莉後面的座位。抱住夏莉並且拍拍她作為訊號。

夏莉放開左手的離合器桿。摩托車前輪豪邁地翹起並且開始加速，兩人的背部就這樣不斷變小。

「咦～！喂！咦！為什麼～？」

混亂的蓮耳朵裡……

「哇哈哈，對不起了！掰嘍～！」

傳來克拉倫斯的聲音，然後通訊道具就被切斷了。

「咦～……」

「那兩個傢伙，在這個地方逃走嗎！摩托車與炸彈小偷！」

不可次郎雖然將MGL－140的砲口朝向她們，但是沒有開火。摩托車最後渡過橋梁並且消失在視界裡。

恢復寧靜的橋梁上……

「啊哈哈哈哈哈哈！」

Pitohui很開心般說著：

「下次見面時就是敵人了！接下來得小心狙擊以及炸彈嘍！」

不知不覺間身上泥土已經消失的M舉起M14・EBR並邊確認裝填邊說：

「不過現在沒空管這些事了。」

「嗯，說得也是。」

Pitohui以雙手舉起蓮還給她的光劍。

蓮他們四個人完全被橋梁上空大量出現的光粒包圍住了。怪物應該立刻就會成形了吧。他們現在根本無處可逃。

「可惡！」

蓮從倉庫欄裡取出Ｐ９０並且拉下扳機槓桿。

當蓮他們四個人在橋上對從前後與上方出現並且襲來的大量怪物轟出子彈，或者是以光劍忙碌地加以斬殺時……

「啊～真慘。」

「加油喲～」

酒場裡的觀眾就這樣冷眼旁觀著。

怪物的出現是會隨著時間而增加，還是會隨著小隊的實力而增加，又或者兩者皆是呢？

為了打倒如雨後春筍般不停湧出的怪物，四個人被迫進行一場無暇喘息的戰鬥。

雖然十二點四十分過去了，但是蓮他們根本沒有多餘的時間與心思觀看掃描。

＊　＊　＊

「累死了……」

十二點四十五分。

以Ｐ９０貫穿應該是最後一隻的怪物後，蓮就無力地放下雙手。

射擊射擊再射擊的Ｐ９０，從槍身與槍機部升起裊裊白煙，腳下滾落一堆空彈匣。

「距離子彈回復還有十五分鐘……什麼都不想做了……」

蓮的負面情緒爆炸了。

她當場蹲下來，從倉庫欄裡叫出剩下的彈匣並且數了起來……

「嗚哇，只剩下這些嗎……」

只剩下八個彈匣能射擊了。這樣僅僅只有４００發子彈。明明帶來二十二個彈匣，現在已經用掉超過一半以上了。

手榴彈因為距離太近而無法使用，同時也是因為必須一邊保護手槍射擊爛到極點的不可次郎一邊戰鬥的緣故……

「哎呀～抱歉抱歉。我可能一輩子都不會忘記妳的恩惠喲。」

躲在蓮嬌小背部後面的不可次郎，像是感到很不好意思般這麼表示。
她雖然也努力用M&P手槍不停射擊了，但是不管再怎麼努力，射不中就是射不中。
有時當她漂亮擊中怪物的頭部讓蓮感到佩服時……
「奇怪了……？我瞄準的是隔壁的傢伙耶……」
結果她卻說出這樣的話來。
「誰看了四十分的掃描？」
Pitohui確認著瘋狂使用的光劍還剩下多少能源並這麼問道……
「沒有。」
「No。」
「沒辦法看。」
蓮、不可次郎和M連續做出否定的答案。
「我是一直看著道路前方，幸好似乎沒有接近的敵人。老實說真的很幸運……只要有人過來的話就完蛋了。」
既然連M都做出消極的發言，就可以知道狀況有多糟了。
「這次的SJ真是辛苦……」
蓮也吐露出真心話。

「那麼，我們接下來該怎麼辦？等等，我不是在問『如何度過剩餘的人生』喲。」

首先是由Pitohui來回答不可次郎的問題。

「在十三點的彈藥完全回復之前，希望能避開大規模的戰鬥。」

接著是M。

「我有同感。但是也不能一直待在這裡。必須渡過橋才行。準備移動。蓮打前鋒，然後是Pito、我、不可。」

嗯……果然又是這樣嗎？

蓮嘆了一口氣。

「不可把電漿手榴彈裝填到其中一把發射器裡。在蓮快接近敵人之前就轟出去。橋就算崩塌也沒關係。那個時候所有人就逃到河裡。就算我的腳程很慢逃不掉，蓮妳們也可以逃走。」

聽見M的作戰後，蓮忍不住問道：

「如……如果……渡橋途中遭到夏莉狙擊呢……？」

M則是……

「只能認命了。根本無法防禦那種開花彈和無預測線狙擊。」

開口說出老實話。

天啊！

蓮有所覺悟了。

雖然有所覺悟……

「啊～不想死在這裡啊……」

還是忍不住吐露出心聲……

「我想也是。M，你明明是男人，卻想強迫一個弱女子嗎？」

「沒有啦，但是……」

「稍微聽一下我的想法。」

十二點四十九分。

蓮他們在橋上前進。

車道最左側，欄杆的附近。領頭的是把背包揹在身體前方，兩手各拿著一片盾牌的M。右側是保持兩片盾牌並排在一起的Pitohui。左邊是只拿著一片相同盾牌的不可次郎。

然後他們後面是幾乎被完美包圍……

「真的可以嗎……？」

緩緩前進的蓮。

「當然可以了！偶爾也得嘗嘗當公主的滋味才行！」

Pitohui保護著蓮並這麼表示。

「雖然很感謝……」

這麼做的話確實可以防止蓮立即死亡。但是M他們會遭到瘋狂射擊，雖然拿著盾牌，這依然得冒相當大的風險。

「有誰開槍的話，小蓮就跳進河裡逃走。我們進行防戰時從橋下前進，然後繞到敵人後方是最理想的結果。不行的話就自己一個人逃走。再來就自由地放手一搏吧。」

「了……了解了……」

不可次郎表示：

「那個時候記得幫我跟我的女友說一聲『我愛她』……」

「別隨便豎旗啊。」

由於M的腳程很慢，要渡過剩下來的300公尺左右的橋梁還得花上一段時間。

眼前能見到的是對岸的住宅區、高速公路以及機場的塔台。

天空完全被雲層覆蓋，呈現朱紅色與淡灰色混雜的混沌狀態。風似乎變得更強了。

蓮看了一下手錶。

「再四十秒開始掃描。」

「還要兩分鐘才能完全渡過橋。蓮妳直接看掃描吧。」

「了解。」

「說到掃描——」

Pitohui像是想起什麼事情。

「如果沒有看三十分的掃描直接出發的話，說不定就能順利渡橋了，不過之後可能會在住宅區被追上，因為對方是騎摩托車。」

「說得也是……」

「如此一來就可能在拖車近處遭到自爆，並且因此全滅。雖然過程辛苦，但是現在還能像這樣存活，應該就表示某個時間點的運氣和決定很不錯吧。接下來不論發生什麼事情，都讓我們樂觀以對吧！」

難得Pito小姐會說出這種話耶。是在鼓勵我嗎？

蓮一邊這麼想，一邊從胸口口袋拿出衛星掃描接收器並按下開關。

第五次的掃描是從正東方往正西方開始。而且速度相當緩慢。

能夠提早知道我方所在地究竟是吉還是凶呢？

「數量不重要。首先看看我們周圍。然後是SHINC的位置以及中央區域的戰鬥結果。」

「了解。」

掃描來到我方所在的橋樑，蓮凝眼注視——

「沒有！我們周圍2公里圈內沒有任何小隊！」

蓮深切地感受到自己的幸運。

當然也有可能是隊長標誌的陷阱，仍然有少數的伏兵存在，不過至少可以確定沒有大量小隊在等待我方渡過橋梁。

「機場有一支小隊！」

蓮很高興般這麼說道。這是因為就位置來看，那很可能是SHINC。

過橋之後，接下來就是要朝著機場突擊，到時候說不定就能跟她們戰鬥了。

以興奮的心情觸碰畫面後……

「嗚——！」

由於蓮保持著沉默，不可次郎就開口詢問：

「是誰？」

「嗯……是MMTM……MMTM在機場北側的跑道上……為什麼……？」

「誰知道呢。蓮，要拋下妳嘍。」

不由得停下腳步的蓮急忙追上三個人。

「至於中央部分嘛——」

掃描經過地圖的一半，可以看到結凍的湖面上有幾個顯示全滅小隊的灰點。

雖然因為湖面的白色而看不太清楚，但灰點附近可以確認到有許多小隊聚集在一起。

「中央左上，結凍的湖面正中央，嗯……一二三四——有七支小隊聚集在一起！這……絕對是聯合隊伍！」

蓮如此報告……

「這次也冒出來了嗎？看我用電漿讓他們一起變成灰燼。」

不可次郎說完就咧嘴笑了起來。

「報上小隊名來。」

聽見M這麼說後，蓮就把聯合隊伍的周圍擴展到最大。然後從邊緣開始觸摸所有白點。

「『WEEI』……『V2HG』……『PORL』……」

蓮依序唸出小隊名稱。由於不知道正式的唸法，只能直接唸出英文字母。

「盡是些沒聽過的傢伙。」

「『RGB』……『WNGL』……『SATOH』……啊啊啊啊啊！」

聽見讀著隊名的聲音變成尖叫，就連M也因此而停下腳步。

「怎麼了？」

不可次郎和Pitohui回過頭去，蓮果然已經停下腳步……

「啊啊啊……」

左手拿著儀器的她鐵青著一張臉。

「喂……難道說……？」

不可次郎……

「哎呀，不會吧？」

Pitohui……

「天啊。」

以及M察覺蓮的反應，並且完全理解是怎麼回事。

蓮對著畫面中的小隊，也就是發誓要再戰的對手……

「為什麼！」

發出了悲傷的吼叫。

應該是聯合起來的小隊，最後一個名字顯示的是「SHINC」。

「為什麼！」

蓮對著天空再叫了一次——

但是當然得不到回答。

ＳＪ４的戰場上開始吹起強風。

「全靠妳們了。」

穿著運動服的高挑英俊男子露出發光的雪白牙齒這麼說道。

「嗯。粉紅色小不點……就交給我們吧。」

猩猩女咧嘴笑著這麼回答。

吹過結凍湖面的風晃動著她的辮子。

（to be continued……）

後記Gun Gale日記　其之7

各位大家好。我是作者時雨沢惠一。

隔了一年三個月才再次與大家見面。各位讀者，一切都還好嗎？

《Sword Art Online刀劍神域外傳 Gun Gale Online》（以下稱「本作」）也終於來到第七集了！真開心。

然後這個作者能自由發揮的〈後記Gun Gale日記〉也來到了「其之7」。

一～六集的這個單元——

提到了本作的誕生經過、作者喜歡的槍械、腳的食趾長度、使用豬肉的壽喜燒食譜、換輪胎需要的工具，最後甚至談到短短三分鐘就能讓世界和平的簡單方法，可以說談論了各式各樣的話題而且也大受好評，而這次的題目也就是「自己的作品變成動畫」。

為什麼要談到動畫化呢，我想不用說大家就都知道了吧？

沒錯，這個作品的電視動畫目前（二〇一八年六月現在）好評播放當中！

四月開始的《Sword Art Online刀劍神域外傳 Gun Gale Online》（以下稱「動畫GGO」）也進入後半戰了。

本書發售的六月九日全國都是星期六（註：此指二〇一八年），最快播放的電視局與影音網站正好從二十四點開始播放。敬請期待！當然其他電視局與網站也能看得到，另外也預定會發售藍光&DVD。

對於我這樣的動畫宅&作家而言，自己的作品動畫化當然是值得高興的事情之一——去年播放的《奇諾ノ旅 -the Beautiful World- the Amimated Series》（以下稱「動畫奇諾」）之後就是本作，連續兩部作品的動畫化確實相當累人。

伙伴之間討論過作家參與動畫時，選擇哪一種態度比較好。

「認為提供原作後任務便結束，什麼都不檢查只要正座等待播放」、「成為工作人員的一分子，不只參與會議與檢查，甚至提供新點子並且修正細部，凡事親力親為」。

就是這兩個選項。

我在去年的動畫奇諾時選擇了後者。

所以從腳本會議、後製配音到配入特效音等，全部都以全勤獎為目標。在寫這篇後記時仍然保持著紀錄。

因此工作量就一口氣增加，讓我過了一段相當忙碌的時期。

當然這是令人欣喜的忙碌，但也偶爾會想「也不用兩部作品同時（播放時期差了三個月）動畫化吧！」。

二〇一七年後半左右，同時進行文庫奇諾的執筆、動畫GGO的工作（腳本、分鏡檢查等）、動畫奇諾的工作（後製配音、觀看配入特效音、圓盤特典小說執筆）等等，真的讓我手忙腳亂。就像是盂蘭盆節與正月一起到來般的祭典氣氛。

也曾經搞不清楚隨著「請在後天前檢查好喔」的郵件送過來的檔案究竟是屬於哪一份工作。希望我沒有回錯信才好。

像這樣害怕電子郵件來信聲響的日子，在本書出版時已經結束了。應該結束了吧。能結束就太好了。嗯，還是先做好覺悟吧。

不過動畫化真的很令人開心。

現在也覺得時雨沢是很幸福的作家呢。

而且這次還是外傳作品。和奇諾不同，並非一切全由自己所構思出來的系列。

從獲得許可使用由川原礫老師加溫、生產並且寶貝著的世界那一天開始……

「絕對不能做出有辱本家名聲的行為。要以盡可能受到許多人喜愛的作品為目標。」

我就帶著這樣的想法努力到現在。雖然關於槍械的描寫占了很大一部分就是了。

這次像這樣獲得動畫化，能夠讓更多人知道這個作品，老實說我真的鬆了一口氣。

能夠隨著硝煙的味道從角落支撐著不斷擴張的《Sword Art Online刀劍神域》世界，我真的覺得很開心。

動畫ＧＧＯ裡，蓮元氣十足地行動、說話、跳躍、瘋狂射擊的模樣實在很可愛。甚至可以把標題變成《小蓮超可愛Online（ＬＫＯ）》都沒問題。

可以強烈感覺到擔任主角的「楠木ともり」小姐和諸位動畫工作人員對於蓮的愛。真的很謝謝你們。

看過動畫以及接下來要看的各位，請好好地疼愛粉紅色惡魔吧。還有我覺得Ｍ也很可愛。尤其是哭臉。

我也請工作人員努力地展現槍械的設定、描寫了。

以主角的搭檔小Ｐ，也就是粉紅色Ｐ９０為首的各式各樣槍械將會大量登場。

當然因為是動畫，所以太多線的圖沒辦法動起來。因此也有更改了一部分設定的地方。不過這些全都是在會議裡經過我同意的地方，請大家可以放心地期待這部作品。

要舉個例子的話，像是把Pitohui的愛槍「ＫＴＲ－０９」的槍托從複雜形狀的型態改成比較簡單的外貌。順帶一提，兩者都是真實存在的槍械零件設計。其他還有許多像這樣的地方，請自認為是瘋狂槍械迷的你試著把它們找出來吧。

那麼動畫的話題就先到此為止吧。

來聊聊本作第七集吧，由於這是和前一集風格不同的一集，所以這次就直接用了「第四屆Squad Jam」這個名詞。

哎呀，這樣算是破哏了嗎？不是吧，標題不就已經寫了吧。

然後在創作這本第七集時真的很辛苦！因為同時進行著動畫的工作。

往年我的書大多是在三月時推出，這次之所以變成六月其實是有原因的。

首先是因為動畫作業太過忙碌，所以打從一開始就延後了一個月。

再加上我家庭的因素，實在沒辦法獲得靜下來創作的時間，所以才又延後了兩個月。

過去一直認為職業作家就是無論發生什麼事都要執筆創作，但沒辦法的事就真的是沒辦法。跟編輯部說明過狀況後，得到他們的同意。這次真的很謝謝他們。我這一輩子應該都不會忘記這個時期忙煞人的生活吧。

即使如此還是像這樣趕在動畫播出時出版了，我也暫時鬆了一口氣。哎呀，真的很危險。雖然還只是上集。雖然故事尚未結束。

至於下集又是如何呢。

第四屆Squad Jam能夠順利結束嗎，而蓮還有香蓮會面臨什麼樣的結局呢？

包含所有答案的下集，發售日——在本書出版的時候應該公布了吧？還是尚未發表呢？一切都還在謎團當中。

這次就到此為止。在下集的本單元再見吧！

順帶一提，下一集預定要熱烈地討論「為什麼用自己的右手和左手來握手會這麼難」。敬請期待。

時雨沢惠一

祝《Gun Gale Online》動畫化！
太恭喜了。
也要謝謝大家。
粉紅色惡魔動起來後
真的像惡魔且恐怖！
這次在繪製插畫時一直重複聽
OP《流星》
ED《To see the future》
劇中歌曲《ピルグリム》。
每一首歌都很好聽，讓我能在
心情高揚的狀態下作畫。
動畫真的太棒了！
黒星紅白

國家圖書館出版品預行編目資料

Sword Art Online刀劍神域外傳Gun Gale Online. 7, 4th特攻強襲. 上 / 時雨沢惠一作；周庭旭譯. -- 初版. -- 臺北市：臺灣角川, 2019.12

面；　公分

譯自：ソードアート・オンライン オルタナティブ ガンゲイル・オンライン. 7, —フォース・スクワッド・ジャム. 上

ISBN 978-957-743-439-5(平裝)

861.57　　108017544

Kadokawa
Fantastic
Novels

Sword Art Online刀劍神域外傳 Gun Gale Online 7

—4th特攻強襲（上）—

（原著名：ソードアート・オンライン オルタナティブ ガンゲイル・オンラインⅦ —フォース・スクワッド・ジャム（上）—）

2019年12月11日 初版第1刷發行

作　者：時雨沢惠一
插　畫：黑星紅白
原案・監修：川原 礫
日版設計：BEE-PEE
譯　者：周庭旭
發行人：岩崎剛人
總經理：楊淑媄
資深總監：許嘉鴻
總編輯：蔡佩芬
主　編：朱哲成
美術設計：宋芳茹
印　務：李明修（主任）、張加恩（主任）、張凱琪
發行所：台灣角川股份有限公司
地　址：105台北市光復北路11巷44號5樓
電　話：（02）2747-2433
傳　真：（02）2747-2558
網　址：http://www.kadokawa.com.tw
劃撥帳戶：台灣角川股份有限公司
劃撥帳號：19487412
法律顧問：有澤法律事務所
製　版：巨茂科技印刷有限公司
ISBN：978-957-743-439-5

SWORD ART ONLINE Alternative Gun Gale Online Vol.7
4th Squad Jam

Edited by 電撃文庫
First published in Japan in 2018 by KADOKAWA CORPORATION, Tokyo.